Vorn leuchten rot die Beeren des Ilex

Über dieses Buch

Sechzehn Autorinnen und Autoren, 75 Texte, Lyrik und Prosa der Werkstattgruppe Literatur.

Die Gruppe – das sind angehende Schriftsteller, Journalistinnen, arbeitslose Theologen, Softwareentwickler, Hausfrauen und Väter.

Einmal im Jahr treffen sie sich zum intensiven Schreibaustausch. Die konzentrierte Arbeit führt in die Tiefe. In den Texten dokumentiert sich eine große stilistische Vielfalt. Kurze Erzählungen wechseln mit lyrischen Bildern und dem klassisch gereimten Gedicht. Lustiges, Fantastisches, Tiefschürfendes reiht sich an verschmitzte Geschichten, atemlose Erinnerungsfetzen und beklemmende Szenen. „Vorn leuchten rot die Beeren des Ilex" ist ein Buch zum Schmökern und Entdecken. Zuallererst aber ist es ein Buch, das vorgelesen werden will.

Detlef Albrecht, Gabriele Bartolomaeus (Hrsg.)

Vorn leuchten rot die Beeren des Ilex

Lyrik und Prosa von Detlef Albrecht, Gabriele Bartolomaeus, Ulrich Bach, Susanne Boeckler, Susanne Dremel-Malitte, Holger Fischer, Andreas Hausfeld, Ulf-Peter Irmer, Astrid Kühn, Elmar Orths, Birgit Otte, Claudia Prüß, Jutta Schlesselmann, Fulko Steinhausen, Jan-Hendrik von Stemm und Angela Werner

Bibliografische Information Der Deutschen Bibliothek:
Die Deutsche Bibliothek verzeichnet diese Publikation in der Deutschen Nationalbibliografie; detaillierte bibliografische Daten sind im Internet über http://dnb.ddb.de abrufbar.

Dieses Buch wurde von der Hanns-Lilje-Stiftung, Hannover, gefördert.

Herstellung und Verlag: Books on Demand GmbH, Norderstedt

Loccum 2003

ISBN 3-8334-0330-6

Vorwort

Die Sprache hat in Wahrheit der, der nicht das Wort, sondern nur den Schimmer hat, aus dem er das Wort ersehnt, erlöst und empfängt.
Karl Kraus

Wo leuchten denn die Beeren des Ilex so rot? Im Loccumer Klosterwald. Seit 1997 treffen sich die Autorinnen und Autoren dieser Anthologie im Kloster Loccum zur Werkstattarbeit an ihren Texten. Das Schöne an Textsammlungen dieser Art ist die stets neue Erwartung, die vor dem Lesen eines Textes liegt. Denn in jedem Text klingt eine Seite der Persönlichkeit der Schreibenden an. Und bei fünfzehn sehr verschiedenen Menschen, die in diesem Buch Lyrik und Prosa veröffentlichen, gibt das eine Bandbreite individueller und formaler Eigenarten.

Wenn nach Wahrnehmungs- und Schreibphasen jemand in der Runde einen Textentwurf las, war sehr oft der erste Kommentar: das war ein typischer Text von dir. Und dann wurden sprachliche Merkmale benannt, durch die dieser Text einer Person zugeordnet werden konnte. Das ist auch - neben anderen sprachlichen Arbeitsschritten - eine Aufgabe in der literarischen Werkstatt: den Text durch die Stärke der Spracheigenart zur Wirkung zu bringen. „*...was allein das Herausnehmen von ein paar Absätzen, ja nur Sätzen oder Füllwörtern bewirkt, wie rasch eine Geschichte, die gut, aber noch nicht gut genug erzählt ist, zum Leuchten gebracht werden kann*". Sten Nadolny beschreibt hier kein einfaches Unternehmen. Aber wenn das Vertrauen in der Gruppe spürbar ist, dann kann Kritik, die dem Text helfen soll, angenommen werden. Besserwisserei hat da aber keinen Platz. „*Bescheidenheit der Sprache ist angebracht, die vor allem eine Bescheidenheit ist* **ihr** *gegenüber, denn sie ist selber wer...Die Sprache folgt, wenn man sie nicht schiebt und peinigt und belastet und drückt, der inneren und äußeren Wahrnehmung...*" (Sten Nadolny).

Das haben die Autorinnen und Autoren dieser Textsammlung in den mehrtägigen Treffen in Loccum zum Ziel. Als Mentor habe ich die literarische Werkstatt begleitet. Ich freue mich, dass die Gruppe nun nach mehr als sechs Jahren eine Auswahl der Texte zusammengestellt hat und in diesem Band veröffentlicht. So also gelangte der Ilex aus der Wahrnehmung in die Schlusszeile eines guten Prosagedichtes. Und zu denen, die diesem und den anderen Texten in diesem Buch lesend begegnen werden.

Heinz Kattner
Im September 2003

Detlef Albrecht

Wetterstation

Manchmal glaube ich, man hat mir damals, als ich noch ganz klein war, eine Wetterstation eingebaut. Eine, die Temperatur, Luftdruck, Feuchtigkeit und Sonneneinstrahlung registriert und aufschreibt. Natürlich ohne die tickende Trommel, deren Uhrwerk sie langsam weiterdreht, damit die Bewegungen der Stifte ihre Schlangenlinie aufs Papier malen können. Auch fehlt der kleine drehende Windmesser mit den Halbkugeln und der Trichter zum Auffangen von Regen. Aber wenn die Sonne aus einem bestimmten Winkel scheint und die Lufttemperatur in etwa exakt 18,5° beträgt und die Luft eine relative Feuchtigkeit von sagen wir 66% aufweist - dann bin ich plötzlich in Johannesburg, an der Ostsee oder in Schottland und frage mich, wie ich da jetzt so schnell hingekommen bin. Das schreibe ich dann meiner Wetterstation zu, die die Wetterdaten den Orten zugewiesen hat und die Orte den Wetterdaten. Irgendwo hat sie das alles gelagert, um es im entscheidenden Augenblick passend zum Stand der Sonne wieder hervorzuholen.

Reisen wird so zur Leichtigkeit. An günstigen Tagen kann ich mehrere Länder zu unterschiedlichen Zeiten meines Lebens bereisen. Ich überlege, diesen Service anderen anzubieten - kostenlos natürlich. Aber sie waren ja nicht da - in diesen Ländern zu den Zeiten meines Lebens. Und außerdem würde das Wetter im entscheidenden Augenblick sowieso nicht mitspielen.

Heckenrosen

Es ist doch erstaunlich, wo sie sich überall wiederfinden. Ganz unverhofft auf einem Weg, an einem Haus, auch irgendwo in der Wildnis rieche ich Heckenrosen. Immer, bevor ich sie überhaupt sehe. Ich muss blind durch die Welt laufen, denn es gibt doch wohl kaum auffälligere Blumen als Heckenrosen. Ihre schreiend pinkfarbenen Blüten öffnen sich so weit, dass sich das Innerste sofort nach außen kehrt, fast ein wenig schamlos, denke ich, denn andere Blüten entfalten ihre Schönheit nur langsam, machen es Insekten schwer, bis zu den Pollen vorzudringen, und erst im letzten Stadium ihrer Blüte, wenn die Blätter schon schlaff hängen und sich langsam entfärben, lassen sie einen Blick in das Innere zu.

Nicht so Heckenrosen. Prahlend lassen sie ihre Farben aufleuchten, verschwenderisch, manch einer mag sagen: aufdringlich verströmen sie ihren Duft. Der kann für mich aber gar nicht aufdringlich genug sein, denn Heckenrosen riechen immer nach Freibad, so sehr, dass ich einen kleinen Hauch Chlor wahrnehme. Sie riechen immer nach Düne am Ostseestrand, so stark, dass ich einen Hauch Tang mit rieche. Auf jeden Fall riechen sie immer nach Urlaub. Und deshalb ertrage ich ihre Blüten nur zu gern.

Gewitter

Die Luft steht über dem Feld. Das Hemd klebt am Körper, der Staub, den die Füße aufwirbeln, verbindet sich mit dem Schweiß zu einer klebrigen Schicht. Jeder Schritt fällt schwerer als der vorherige. Die Kühe liegen im Schatten der Wacholderbüsche und vertreiben die Fliegen mit der Schwanzspitze.

Ich wollte raus aus der Schwüle des Hauses, die seit Tagen dort herrschte. Endlich die ständigen Ermahnungen loswerden, die Nörgelei, die Fragen nach Plänen. Es ist still hier, wohltuend. Eine einzige Lerche singt am Himmel.

Plötzlich ein Windstoß, der schnell wieder abebbt. Ein zweiter, schon etwas kräftiger. Ich drehe mich um - da ist der Wolkenamboss am Himmel zu sehen, den ich herbeigesehnt habe. Die Wolken sind schneller aufgezogen, als ich dachte. Wieder eine Böe, die nun die Büsche zur Seite biegt und den Staub auf dem Feld aufwirbelt. Die Sonne, die eben noch durch die Schleierwolken gestochen hat, verdunkelt sich. Innerhalb von Minuten verwandelt sich die Landschaft.

Vogelschwärme fliegen auf, Kühe laufen brüllend über die Wiese. Der erste Blitz zuckt, sein Donner folgt wenige Sekunden später. Dicke Tropfen fallen in den Staub, erst einzelne, dann ganze Teppiche. Bevor ich die Buche erreiche, bin ich auf den Schultern durchnässt. Nun folgt Blitz auf Blitz, ich sehe sie quer über den Himmel grellen oder senkrecht in die Erde. Donner grollt auf, explodiert und verstummt wieder, immer lauter, immer näher. Regen treibt quer durch die Luft, klatscht auf die Blätter und springt auf den Boden. Sand spritzt auf, als die Tropfen neben meinen Füßen landen.

Ich zähle die Sekunden zwischen Blitz und Donner, bis „drei“ komme ich nicht mehr, Licht und Schall bilden eine Einheit. Ich kauere mich auf den Boden, fühle, wie das

Wasser durch die Blätter auf meinen Rücken klatscht und sehe, wie der Regen in den Pfützen springt. Ein metallischer Knall, durchdringend und kurz, ich zucke zusammen. Es hat eine Eiche getroffen. Äste hängen herunter. Ich ducke mich tiefer, das Hemd klebt am Körper, diesmal vom Regen.

Und dann ist plötzlich alles vorbei. Die Tropfen werden kleiner. Blitz und Donner entfernen sich. Es wird heller. Auf einmal ist der Regen fort, nur von den Büschen tropft es noch. Ich friere, als ich den Weg zurückgehe. Der Staub ist abgewaschen. Eine Drossel singt. Pläne gibt es keine, aber die Schwüle ist weg.

Ink

Der Vortragssaal war bereits gut gefüllt, als Professor Johnston erschien und zu seinem Platz auf dem Podium begleitet wurde. Das Gemurmel im Saal wurde für einen Moment lauter, als man ihn bemerkt hatte, danach verstummt es nach wenigen Sekunden. Ein langer Arzt mit näselnder Stimme begrüßte ihn als eine Koryphäe auf dem Gebiet der Transplantationsmedizin. Professor Johnston neigte ein wenig den Kopf, um zu zeigen, dass er sich geehrt fühlte. Der näselnde Arzt erklärte weiter, nur Prof. Johnston sei es zu verdanken, dass die Wissenschaft auf dem Gebiete der Herztransplantation derartige Fortschritte gemacht habe. Nun sei der Professor selber hier, um quasi als lebendes Anschauungsobjekt die Vorteile des von ihm entwickelten Kunstherzens zu demonstrieren, denn der Professor habe sich in einer Art Selbstversuch das Kunstherz einpflanzen lassen und sein gesundes Herz einem Patienten auf der Warteliste zukommen lassen.

Als der lange Arzt die Begrüßung beendet hatte, spendeten die anwesenden Mediziner, es waren knapp tausend, lang anhaltenden Beifall, und Prof. Johnston erhob sich und ging zum Rednerpult. Mit Hilfe eines Videofilms, der auf die große Leinwand übertragen wurde, erläuterte er die Funktionsweise des von ihm entwickelten Kunstherzens. Revolutionär sei es gewesen, so sagte er nicht ohne Stolz, den bisher verwendeten Batterieantrieb bei Kunstherzen durch einen chemoelektrischen zu ersetzen. Eine blaue Flüssigkeit, deren Zusammensetzung das Geheimnis der von ihm gegründeten Firma MedicConsult Ltd. sei, gebe mit Hilfe eines kleinen, ebenfalls geheimen Zusatzgerätes elektrische Energie ab, die den Motor des Kunstherzens antreibe. Der Vorteil gegenüber bisherigen Kunstherzen sei, dass keine zusätzliche Batterie am Körper getragen werden müsse. Die blaue Flüssigkeit, von ihm nur „ink“ genannt, könne jederzeit über ein Ventil an der Körperoberfläche vom Patienten selber nachgefüllt werden. Nach kurzer Instruktion sei auch die Dosierung vom Patienten selber je nach Situation einstellbar.

Während er sprach und das Video von seiner letzten Operation mal vor-, mal zurückspulte und immer wieder auf die Einfachheit dieses Eingriffs verwies, zeigte sich auf dem hellblauen Oberhemd, das er trug, knapp unterhalb der Brusttasche ein kleiner blauer Fleck. Die vorderen Reihen merkten es zuerst. Sein Füller läuft aus, raunten einige. Der Professor erklärte weiter, wie besonders kostengünstig diese Art der Operation sei, wie einfach und universell einsetzbar dieses Kunstherz arbeite. Inzwischen hatte der Fleck die Größe eines Fünfmarkstücks und konnte von überall her gesehen werden. Der Professor holte ein Taschentuch heraus und tupfte sich die Stirn. Der Fleck wurde größer. Das ist nicht sein Füller, raunten die Ärzte. Man muss etwas tun.

Der Professor fuhr mit seinem Vortrag fort, zeigte seinen Plan, wie alle Krankenhäuser der USA und auch Europas mit Hilfe dieses Kunstherzens die allgemeine Sterblichkeit unter den Patienten signifikant senken könnten. Er hielt inne, schien nach Luft zu ringen, sein Gesicht war blass. Man muss dem Mann helfen, raunten die Ärzte, es geht ihm nicht gut. Der blaue Fleck bedeckte inzwischen die Hälfte der linken Seite seines Hemdes. Er glänzte blau und breitete sich schnell aus. Der Professor strauchelte und hielt sich mit beiden Händen am Rednerpult fest. Unruhe entstand im Saal. Sein Hemd war nun fast vollständig vom Blau durchnässt. Gerade, als er noch einmal zu einem Satz anheben wollte, versagte seine Stimme, statt eines klaren Wortes kam ein Röcheln heraus. Er sank hinter dem Rednerpult zusammen. Nach wenigen Minuten wurde er von zwei Sanitätern auf einer Bahre hinausgetragen.

Einsatz

„Sergeant, was ist mit Ihnen?"

„Ich ... ich weiß nicht. Es zieht so in meiner Brust."

Ich sah in sein Gesicht. Seine Stirn war bedeckt mit Schweißperlen. Sein Atem ging schnell und flach.

Seit drei Stunden saßen wir in diesem Auto und beobachteten das Lagerhaus am Güterbahnhof. Zu dritt hatten sie sich darin verschanzt, die beiden Bankangestellten hatten sie an einen Telegrafenmasten gebunden, wo sie sie mit ihren automatischen Waffen ohne weiteres erreichen konnten. Sergeant Pepper hatte sie gleich nach dem Überfall im Visier gehabt und war ihnen bis hierher gefolgt.

Er stöhnte leise und nannte dann meinen Namen.

„Martin."

„Sergeant?"

„Sagen sie Emily, dass ich sie immer geliebt habe."

Er atmete immer flacher. Wir brauchten dringend eine Ambulanz, aber wir durften uns jetzt nicht bewegen. Die Sondereinheiten waren in Stellung gegangen, und die drei im Schuppen sahen mit sehr wachen Augen auf das, was um sie herum passierte. Eine Ambulanz oder ein fahrender Polizeiwagen hätte das Leben der Geiseln gefährdet.

„Und sagen sie Miller, dem Schwein, dass ich ihn nie habe ausstehen können. Dass er seinen Posten nur bekommen hat, weil ich damals krank war."

Die Wut ließ ihn erzittern, er versuchte, seine Arme zu bewegen, aber sie schienen gelähmt.

Über Funk kam der Befehl zum Eingreifen. Blendgranaten zuckten auf, Rauch drang aus dem Schuppen, die Sondereinheiten bereiteten dem hässlichen Treiben ein Ende.

Nach wenigen Minuten führten sie die Kidnapper gefesselt aus dem Haus und befreiten die Geiseln. Ich fasste Sergeant Peppers Hand, aber sie war eiskalt.

Morgen ist auch noch ein Tag

Die Hubschrauber kreisten seit Stunden über der Stadt. Ihr Knattern, das anschwoll und verebbte, war ebenso wie das Heulen der Turbinen unausweichlich. An Arbeiten war nicht mehr zu denken. Marion sah aus dem Fenster, stützte die Arme auf die Fensterbank und ließ den Kopf hängen.

„Was machen sie dieses Mal?"

„Keine Ahnung."

Ich lehnte mich zurück. „Ich habe auffallend viele von ihnen an der Ladenzeile an der Ecke 23. und 5. Straße gesehen."

„Oh Gott - da sind die Chinesen!"

Sie hatte Recht. In diesem Viertel lebten hauptsächlich chinesische Familien. Dass sie dieses Mal dort zugriffen, war kein Zufall. Die Marokkaner waren schon weg, die Indonesier hatten sie das letzte Mal geholt, nun mochten es die Chinesen sein.

„Erst letzte Woche waren wir noch im ‚Chinatown'. Ed hat dort gern gegessen, ich fand es nicht so komfortabel."

„Das war gefährlich."

„Ich weiß. Wir waren auf der Hut, aber vielleicht war es auch gerade das, weshalb wir dort hinwollten."

Marion holte tief Luft.

„Der Restaurantbesitzer war sehr alt, er saß immer auf dem Platz neben der Kasse und lächelte jeden an. Seine Töchter führten das Restaurant, und seine Enkelinnen servierten."

„Sonst gab es keine Männer?"

„In der Küche. Die haben gekocht. Und wie."

Von der Straße her, dreißig Stockwerke tief, drangen Sirenen herauf. Die Straße schien nur noch aus rot und blau blinkenden Fahrzeugen zu bestehen. An der Kreuzung verteilten sie sich in alle Richtungen. Wieder knatterte ein Hubschrauber vorbei.

„Ich verstehe das nicht. In den Nachrichten wird kein Wort darüber gesagt. Dabei kriegt es doch die ganze Stadt mit."

Sie drehte sich zu mir um.

„Normal ist das nicht."

„Was ist schon normal in dieser Zeit."

„Und besonders unnormal finde ich, dass sich keiner darüber aufregt."

„Bitte - geh hin, sag ihnen, sie möchten bitte aufhören, diese armen Menschen aus ihren Wohnungen und Restaurants zu vertreiben. Und sie nachher ..."

Ich stockte.

„Ja? Was nachher?"

Sie schaute in den Himmel. Ich hörte, wie sie schluckte.

„Mein Gott."

Es war einen Moment lang still. Dann ertönte der Gong. Ich zögerte, meine Sachen zusammenzupacken, Marion stand noch am Fenster.

„Komm jetzt. Du kannst es nicht ändern."

Ich ging zu ihr, sah ihr Gesicht, sie weinte.

„Komm."

Widerstrebend nahm sie ihre Tasche, zog den Mantel an und wandte sich zur Tür. Stockte dann, sah zum Fenster.

„Morgen ist auch noch ein Tag", sagte ich.

Auferstehung

Es war mein achtes Osterfest, und ich hatte noch nie weniger Lust verspürt, mit meiner Familie in die Kirche zu gehen. Ich sträubte mich nach Kräften. Ich zeterte, weinte, schlug und schrie, um nur nicht diese anderthalb Stunden in dem großen, dunklen und kalten Raum sitzen zu müssen. Ausnahmsweise hatte ich Erfolg. Ich durfte bleiben, musste aber bei Martha in der Küche sitzen, die dort das Osterlamm vorbereitete. Martha konnte gut kochen, hatte aber keinen Sinn für Kinder, und so verschwand ich aus der Küche, als Martha in den Keller ging.

Ich ging über die Diele ins Wohnzimmer und schloss die Tür hinter mir. Hier war es ganz still, es gab keinen Vogelgesang, nur das Ticken der Standuhr. Vorsichtig ging ich über das Parkett und sparte die Stellen aus, an denen es gewöhnlich knackte. Dann kam ich an die Schiebetür, hinter der das Arbeitszimmer meines Vaters lag. Durch die mattierten Scheiben leuchteten der grüne Sessel und die goldene Lampe am Sekretär.

Vorsichtig schon ich die Tür nur einen Spalt auf, zwängte mich durch und schob sie wieder zu. Nun war ich im Allerheiligsten. Hier roch es nach Zigarren, hier lagen die Zeitungen meines Vaters, und im Sekretär, das wusste ich genau, lag die runde Blechdose mit den englischen Bonbons, von denen ich einen bekam, wenn mein Vater gute Laune hatte.

Ich öffnete die Schublade des Sekretärs, in der ich die Dose vermutete. Hier lagen aber nur Briefe. In der darunter fand ich Landkarten. England, Frankreich. Mein Vater reiste viel. In der dritten Schublade endlich waren die Bonbons. Ich sah das Rosa der Dose unter einem Stapel von Zigarrenkästen. Ich wollte den obersten Kasten herausnehmen, aber er war zu groß. Die Schublade ließ sich nicht weit genug öffnen. Ich zog fester an der Schublade. Nichts passierte. Ich versuchte, den obersten Kasten herauszuziehen - er knirschte nur. Ich wurde wütend. Warum konnte ich jetzt nicht einen dieser wunderbaren Bonbons essen?

Ich zog noch fester. Endlich gab der Kasten nach. Der Deckel brach, und der Inhalt wurde nach oben geschleudert. Federkiele und Bleistifte flogen durch die Luft, und ein Tintenfass zerplatzte auf dem Boden. Blaue Tinte breitete sich zwischen den Scherben aus und floss über das Parkett.

Mir blieb fast das Herz stehen. Warum hatte ich bloß diese Bonbons haben müssen? Wie gelähmt ging ich einige Schritte zurück und schaute auf das Unglück. Wenn Vater mich hier erwischen würde! Ich lief aus dem Zimmer, durchquerte das Wohnzimmer und lief hinaus in den Garten. Noch eine Stunde, und mein Vater würde alles sehen! Ich lief hinaus über die Felder, kam zum Teich, beobachtete die Kaulquappen. Langsam legte sich meine Aufregung. Hier war ich sicher, aber wie sollte ich nach Hause zurückkehren? Als die Glocken zum Ende des Gottesdienstes läuteten, drehte ich um und ging nach Hause. Ich traf kurz vor meinen Eltern ein. Sie waren bester Laune. Aber noch hatten sie nichts gesehen!

Mein Vater sagte: Vor dem Essen noch eine Zigarre. Er ging ins Wohnzimmer, und ich hörte, wie er die Tür zum Arbeitszimmer zur Seite schob. Ich hielt die Luft an. Ich versuchte, im Boden zu versinken. Ich rief die Schutzheiligen an. Aber nichts passierte. Kein Schrei des Entsetzens aus dem Arbeitszimmer. Ich war verblüfft. Es war doch nicht zu übersehen!

Das Mittagessen wurde aufgetragen. Im Vorbeigehen flüsterte mir Martha zu: Das machst du aber nicht noch einmal! Als mein Vater beim Essen das Weinglas erhob und sagte: Der Herr ist auferstanden!, konnte ich mit allen andern nur aus vollem Herzen antworten: Er ist wahrhaftig auferstanden!

Ulrich Bach

Es ist wie in fast jeder Nacht

Es ist wie in fast jeder Nacht,
ich werde wach,
und der kommende Tag schickt mir seine Probleme entgegen.
Ich werde unruhig und ängstlich,
die Angst vor dem neuen Tag lässt mich nicht wieder einschlafen.
Immer wieder drehe ich mich in meinem Bett um und sehne mich nach Wärme; - vergeblich.
Die mich umhüllende Bettdecke reicht nicht aus;
vielmehr kriecht Kälte darunter und lässt mich zittern wie Espenlaub.
Obwohl ich mich nach Wärme sehne, –
es ist wie in fast jeder Nacht:
die Reise nach innen führt in die Kälte.

Der Engel stolpert im Casino

„Es müssen nicht Männer mit Flügeln sein, die Engel“,
heißt es.
Sie sind oft hässlich und klein.
Sie begleiten uns durchs Leben, in dem es zuweilen wie in
einem Spielcasino zugeht.
Es gibt Gewinner und Verlierer im Roulette des Lebens,
das uns manchmal so furchtbar ist, dass sogar unser eigener
Lebensengel ins Stolpern gerät
und uns in die Tiefe reißt.

Lebenswege

Ausgetreten und vergeblich sind die Wege, die ich gehe.
Blumen begegnen mir nur selten.
Immer wieder wandere ich umher, und frage mich, wohin es wohl mit mir geht.
Dunkle Wege habe ich häufig beschritten, doch wo bleibt das Licht,
das auf hellere Wege führt?
Wo wachsen Blumen,
deren Duft mich zum Leben betört?

Der Blick aus dem Fenster

Ein Kind steht am Fenster,
es wartet auf den Sommer,
doch es fällt ihm schwer zu atmen.
Eine unsichtbare Kuppel aus Angst
hat sich über sein Leben gestülpt, -
alles schwankt zwischen Hoffen und Bangen.
Wer wird es unter seiner Kuppel aus Angst finden,
wer nach ihm tasten und es heilen?

Karfreitag

Als ich das letzte Mal hier war,
stand es noch nicht da: das Kreuz.
Aus zwei Birkenstämmen gezimmert steht es im Klostergarten,
zieht den Blick auf sich,
stört die Idylle.
„Überall in deinem Leben das Kreuz."
Das Kreuz.
Mein Kreuz.
Und davor ein Tisch;
ein Altar, auf dem ich schon so manches geopfert habe.
Und zwischen Kreuz und Altar, - eine Bank.
Ein Platz unter dem Kreuz des Lebens und am Tisch der Tränen.
Ich bin ein trauriger Gast und frage mich:
Was wird dir als nächstes serviert?

Weiterleben

Traurig,
von Tränen umspült,
bist du.
Krank,
von Schwäche übermannt,
bist du.
Allein,
von deinem Mann verlassen,
bist du.
Einsam,
weil er dir fehlt,
bist du.
Ängstlich
vor dem, was ist,
vor dem, was wird,
bist du.
Sehnsucht
hast du.

Das zweite Kissen

Ein Bett.
Die Sonne erwärmt die aufgewühlte Decke.
Ein Abbild meiner Seele,
die auch in dieser Nacht nicht zur Ruhe kam.
Nachtschweiß,
Angst.
Mit euch verbringe ich die Nächte
und schlafe doch allein.
Ihr habt es euch bei mir bequem gemacht.

Das zweite Kissen, - es ist nicht für euch.
Es ist für meine Liebe.

Gabriele Bartolomaeus

Nahal David Oase

Gelber Sand
braune Riffe
die Berge sind alt

hier blickst Du ihnen am Morgen entgegen
und das Leben wird klar
hier hörst Du – nichts
hier hörst Du den Mond aufgehen
und die Sterne wandern Deinen Leib entlang

hier rufen die Berge das Tote Meer
und es schweigt mit öliger Haut
hier umstreift Dich der Wind
bevor er Dich auslöscht
hier wartet kein Tod in der Schlucht
nur das Leben

es atmet sich in Dich hinein

Von ganzem Herzen

Von ganzem Herzen
guten Mächten
nicht geborgen
nie mehr
wunderbar

Von ganzem Herzen
wir Dich finden
Du Dich suchen

Von ganzem Herzen
lieben

und es pumpt
und es reißt
zwei Adern
zwei Kammern
Mitte des Leibs

Von ganzem Herzen
Dich suchen
und es reißt

Bischofsgalerie

Du möchtest, dass sie sagen,
Dein Blick sei gütig,
aber die Seele darin ist zu kalt und zu schwach.

Einmal warst Du ein Junge und liebtest,
da banden sie Dich aufs Kreuz
und brachten Dir bei,
die hässlichen Mädchen beim Tanz aufzufordern,
weil die keiner nimmt.

Lange wolltest Du ein guter Junge sein,
doch der Lohn war zu knapp.
Deshalb musstest Du herrschen,
die Seelen der jungen Männer verletzen,
die glühten, wie Du einst glühtest.

Du hältst Dich fest an Deinem Hirtenstab
und schaust sie an mit rot geschminkten Lippen,
die dreieckige Mitra neben Dir
wie ein längst vertrockneter Schoß.

Paul

Der dicke Paul ist ein Dichter. Er hat seinem alten Gott
einen Tritt in den Hintern gegeben und seitdem jubelt seine
Seele laut über blühende Äcker.
Der dicke Paul hat ein feuchtes Herz. Er kommt den Menschen nahe und du darfst ihn nicht enttäuschen.
Er betet in den Feldern, in der Kirche und bei seiner Frau.
Er hat die verknöcherten Götter fortgeschmissen, die sich
wie ein Panzer um seine Seele legten,
und er kämpft heute noch.

In jedem Menschen mit Gewalt kämpft er heute noch.
In jedem grauen Anzug mit Schlips kämpft er heute noch.
In jedem Stöckelschuh mit keifender Stimme kämpft er
heute noch
und brüllt dagegen an
mit seinem Stottern.

Klostergarten

Die warme Sonne auf den Flächen der Hand strahlt bis zum Herz, bis zum Leben. Schon grün wachsen die Halme nach. Feuchte Erde, ein paar Kiesel darauf.

Die Glocke ruft Gott immer wieder. Er hat seine Frau verstoßen. Die fette Erde liegt brach, darauf Steine. Sie mauern das Herz der Göttin ein. Ihre Lebensschreie hallen lang. Keine Glocke wird sie übertönen.

Die Sonne ruft mich in den Leib. Ich kleide mich mit farbigen Mützen, farbigen Schals und sie zieht sie mir aus in der Wärme. Sie leuchtet mir auf Schritt und auf Tritt.

Du jubeltest hier, bis sie Mauern auf Dich bauten und Zäune, Dir Teiche in Deinen Leib schlugen mit Fischen darin. Du nährtest sie immer noch wie die Kühe mit Deinem fetten Gras aus Deinem fetten Leib. Sie holten alles aus Dir heraus und nannten Deinen Namen nicht mehr. Sie bauten Türme, um Dir zu entfliehen und stießen niemals in den Himmel. Sie gaben Dir ein Gesicht, doch sie liebten Dich nicht. Ihre Herzen waren liebeleer mit den tausend Gebeten von Morgen bis Abend mit der schweißigen Arbeit und den schweren Träumen in ihren dunklen Kammern.

Sie kannten nur eine Sehnsucht und das war der Tod.

Die Monstra

Selbst für einen Tanker war die Monstra riesig. Wir wanderten nun schon eine Stunde am Kai entlang, ohne dass ein Ende des Schiffes abzusehen war. Neben uns glänzte die pechschwarze Wand - weit oben, wenn wir den Kopf in den Nacken legten, konnten wir die Reling erahnen und darüber den strahlenden Morgenhimmel. „Da ist kein Öl", sagte Liobe ein ums andere Mal, „ich würde es riechen, da ist kein Öl".

Gegen Mittag kamen wir an der großen Treppe an. Der Kai hatte sich belebt, kleine dunkelhäutige Männer hasteten die Stufen hinauf und hinunter. Viele waren bepackt mit schweren Säcken. Wir rochen ihren scharfen südländischen Schweiß - ein Gemisch aus Knoblauch, Tabak und schlecht gebranntem Schnaps.

Unser Aufstieg begann. Liobe keuchte nach den ersten 100 Metern; der Schweiß glänzte auf ihrer Stirn. „Ich will nicht hinauf." Ich nahm sanft ihre Hände und strich ihr das Haar hinter's Ohr. Dann zog ich sie weiter. Neben uns die Männer - viele trugen keine Schuhe und doch liefen sie doppelt so schnell wie wir. Liobe wurde schwerer, musste wieder stehen bleiben, sie holte Atem. Ich schob sie. Wir konnten die Reling jetzt gut erkennen, Rufe erschallten vom Deck, rhythmisches Schaben. Ich schaute mich um. Wir waren in Schwindel erregender Höhe. Die große Hafenlandschaft war zusammengeschrumpft zu einer grauen einförmigen Masse. Ich konnte nicht einmal mehr die Kräne erkennen. Noch hundert Stufen. Die Stimmen wurden lauter. Zehn Stufen. Eine gigantische Reling tauchte auf. Wir kletterten an Deck.

„Nein", sagte Liobe. „Nein."

Sie kalkten das Deck der Monstra.

Süden

Fabrizio und Gallo saßen in der heißen sizilianischen Sonne. Sie brannte, auch wenn sie den Zenit schon längst überschritten hatte und es deutlich auf Abend zuging. Die Männer waren beide über vierzig und weit davon entfernt, dem Paten je seinen Platz streitig zu machen.

Fabrizio plagte ein Hüftleiden; die Sonne linderte die Schmerzen nur wenig. Er war gealtert in den Jahren im Süden. Längst mordete er nicht mehr so gerne wie früher. Die Witwen taten ihm leid, trotz der prachtvollen Begräbnisse, die die Familie regelmäßig schmiss.

Heute war eine Elfjährige dran. Solche Arbeiten hasste er. Ob Gallo ähnlich dachte? Er kannte ihn seit zwanzig Jahren und traute ihm immer noch nicht.
Im hohen Bogen warf er seine Zigarette auf den Marktplatz: „Wir tun es nicht, Ragazzo."

Gallo sah ihn an, als hätte er den Verstand verloren: „Madonna, du bist verrückt. Wer soll uns verstecken? Wovon sollen wir leben? Was sage ich meiner Mutter?"

Fabrizio zuckte müde mit den Schultern und drehte mit geübten Händen den Schalldämpfer auf den Lauf.

Die Stadt

Totenstill lag die Citta d' Ella in der Mittagssonne. Ich haste-te durch die Gassen. Die Luft war trocken und heiß, ein paar Zikaden zirpten. Wieder Blutflecke auf dem Pflaster.

Hinter dem kleinen Tor an der Mauer hörte ich ein Stöhnen und kroch hinein. Sie lag in der hintersten Ecke auf altem backigem Stroh. Durch das blinde Fenster fiel ein Streifen Licht auf ihr Haar. Es starrte vor Dreck.

Mir blieb das Herz fast stehen. Die kleine Prinzessin lebte. Sie hatten sie nicht gefunden - mehr noch, es war ihr gelun-gen, in der Stadt zu bleiben, die Citta d' Ella würde wieder blühen, das Leben zurückkehren, weil sie überlebt hatte - das Herz der Stadt.

Ich bettete sie auf meinen Schoß und sie wimmerte. „Mein Kopf tut so weh." Ich legte die Hand auf die verschrammte schwitzende Stirn. „Mein Prinzesschen, du hast überlebt", flüsterte ich. Draußen marschierte ein Trupp der schwarzen Krieger vorbei, ihre Stiefel knallten auf dem Pflaster. Sie wollte wieder wimmern. „Bald ist es vorbei", flüsterte ich. Einer pisste ans Tor und rülpste laut, bevor er den anderen hinterherlief. In meinem Herzen jubelte es. Sie hat überlebt, sie hat überlebt, sie werden die Stadt nicht zerstören.

Jetzt sah ich auch den Hund in der Ecke. Sie hatten ihn übel zugerichtet. Eine Pfote fehlte, das Bein lag in einem seltsam verqueren Winkel zum Körper. Er atmete nicht mehr.

Der Hund stand für die Ländereien im Süden. Ich mochte mir nicht ausmalen, was mit den satten Weinbergen, dem Milchvieh und den Schafen geschehen war. Wir würden es wieder aufbauen.

Die Kleine war eingeschlafen. Ihr Atem ging flach und schnell. Wir mussten bald was trinken. Ich bettete sie sanft aufs Stroh und öffnete das Tor. Es begann zu dämmern. Kein Laut war zu hören, als ich auf die Straße trat. Der erste

Hieb traf den Kopf, der zweite den Unterleib. Ich heulte vor Schmerz und ging in die Knie. Sie johlten, als sie mich traten. „Lasst ab“, sagte endlich der Dicke. „Wir finden sie hier nicht mehr. Das ist doch nur der Narr.“ Er spuckte mir vors Gesicht und sie zogen durchs Tor nach Süden.

„Die Prinzessin hat überlebt“, dachte ich, während das Blut aus meinen Lippen floss. „Die Stadt wird wieder blühen."

Susanne Boeckler

Herbst

Das helle Braun der Schnittstelle leuchtet.

Und ich sehe ihn schon von weitem.

Schwer liegt er auf dem nassen Laub. Wie eine mächtige Brücke, ohne Fluß, ohne Tal, ohne Abgrund, den es zu überqueren gälte, liegt er auf dem nassen Laub und weint.

Und weint mit dem hellen Braun seiner Seele.

Und windet sich mit einer leichten Biegung seines massigen Leibes durch das Unterholz, das kahle.

Und die Kälte kriecht hinein, hinein in das helle Braun der Baumseele, und die starke Rinde ist ganz sinnlos geworden.

Grün ist sie und feucht. Und ist ganz sinnlos geworden, jetzt, wo er so daliegt auf dem Herbstlaub.

Die Vögel zwitschern im kahlen Unterholz und seine Baumkameraden stehen aufrecht, dicht an dicht.

Sie stehen und ragen hochauf in den verhangenen Himmel, als ob nichts gewesen wäre.

Und vorn leuchten rot die Beeren des Ilex.

Käsekuchen

Es war Käsekuchen mit Kirschen. Zwei Stück. Sie lagen säuberlich auf einem Teller.

Ich sah ihre Hände mit der Klarsichtfolie hantieren. Den Teller vorsichtig einwickeln.

Sie schaute auf mich herunter. Den Teller in den Händen. Zweifelnd. „Bring den doch mal eben rüber!"

Ich griff nach dem Teller. Griff schnell bevor mich ihr zweifelnder Blick wieder traf.

Hielt ihn. Zwei Stück Käsekuchen. Die Treppe runter, durch das Tor. Rüber.

Ganz einfach. Schnell, bloß weg von ihrem zweifelnden Blick. Ich musste mich schützen. Aber ich hatte schon verloren.

„Warte noch", sagte sie. „Lauf nicht so schnell! Du wirst den Teller noch fallen lassen."

„Nein", sagte ich. Zwei Stück Käsekuchen, kein Problem. Die Treppe runter, durch das Tor – gleich nebenan.

Schon hundertmal gelaufen ohne zu fallen. Schon hundertmal oder mehr. Aber ihr Blick. Es war zu spät.

Er war schon in mich hinein gedrungen. Kroch in mich hinein und machte, dass mein Herz ängstlich schlug.

Ich schwitzte. Ging ganz langsam. Schritt für Schritt.

Zwei Stück Käsekuchen mit Kirschen. Umklammert.

Weiße Knöchel und ängstliches Herz.

Schon hundertmal gelaufen, durch das Tor. Aber jetzt in Zeitlupe.

Gelangte hinaus. Sah die rettende Tür und – fiel.

Suche

Sie war weg. Die Tür war schon lange ins Schloss gefallen und ihre Schritte waren auf der Treppe verhallt.

Ich wusste, sie würde wiederkommen, später, viel später.

In Eile war sie aufgebrochen – wie immer. Hastig hatte sie noch in der Küche ein Stück Kuchen auf den Tisch gestellt.

„Das kannst du dir nachher nehmen“, sagte sie, „und mach dir das Radio an, wenn der Wecker klingelt.“

Und dabei griff sie schon nach dem Mantel, weil sie ja eilig war und zog noch einmal schnell die Lippen nach.

Sie drückte mir einen Kuss auf die Wange und lachte, weil er einen roten Abdruck hinterließ. Sie wischte mit dem Mantelärmel darüber, eilig, im Weggehen. „Bin bald wieder da.“

Sie war weg. Schon eine ganze Zeit war sie weg. Aber sicherheitshalber sah ich noch einmal nach. Hätte ja sein können, das alles war ein großer Irrtum. Das zuschnappende Schloss und die Schritte auf der Treppe.

Dass sie, um mich zu überraschen, bloß ins Schlafzimmer gegangen war oder in die Küche. Und ich würde sie finden und sie würde mir einen Kuss auf die Wange drücken und der würde dieses Mal nicht rot sein und ganz eilig, sondern wirklich und beruhigend.

„Hier bin ich doch“, würde sie sagen.

Das Schlafzimmer war leer. Das Bett zerwühlt und der große Schrank stand offen. Ich kroch hinein in den Schrank. Über mir ihre Blusen und Jacken. Und ich kauerte mich auf den Boden, schloss die Augen und sog ihren Geruch ein aus den Kleidern.

Im Schrank war sie ganz wirklich, obwohl ich das Schloss

hatte zuschnappen hören und die Schritte auf der Treppe.

Und der Kuchen stand immer noch auf dem Küchentisch. „Kannst du dir nachher nehmen." Nachher. Das würde noch dauern, bis es nachher war. Und wenn es klingelte, würde ich das Radio einschalten und ihre Stimme hören, als wäre sie da.

Aber die Tür war doch ins Schloss gefallen und die Schritte ...

Im Radio klang ihre Stimme ganz fremd. Und die erwachsenen Worte, die sie sagte, verstand ich nicht.

Später, viel später, wenn ich es fast aufgegeben hatte, sie zu finden, dann würde sie wiederkommen.

Frank

Ich war sein Bruder. Und doch hatte ich immer wieder den Eindruck, als sähe ich ihn zum ersten Mal. Als wäre er ein völlig Unbekannter, der mir gerade erst vorgestellt worden war.

Frank war anders. Er war immer neu. Frank. Eigentlich komisch, dass er immer "Frank" blieb. Seinen Namen hat er nie verändert, obwohl dies durchaus eine Idee war, auf die er hätte kommen können. Frank war so.

Wahrscheinlich hätte es mir egal sein können, wenn er nicht mein Bruder gewesen wäre.

In gewisser Weise war ich verantwortlich.

"Ach, du bist der Bruder von Frank ...", hieß es in der Schule. Und die Leute betrachteten mich prüfend - mit einem gewissen Misstrauen, als suchten sie etwas Bestimmtes und waren erleichtert, auf den ersten Blick festzustellen, dass es nicht da war.

Es waren immer diese prüfenden Momente, an die ich mich erinnere und die Erleichterung hinterher.

Ich war erleichtert, wenn ich freigesprochen wurde. Wenn der prüfende Blick mich entließ und ich bestanden hatte.

Denn ich gehörte dazu. Frank nicht.

Es war nicht so, dass er sich je entschieden hätte, nicht dazuzugehören. Nein, es war keine Entscheidung gewesen. Es war Bestimmung.

Jedenfalls scheint es mir heute so, wenn ich darüber nachdenke. Es war festgelegt gewesen seit dem Tag seiner Geburt, dass er nicht dazugehören konnte.

Frank hatte es immer gewusst.

Susanne Dremel-Malitte

Geburtstagslaune

Warten
an der Fußgängerampel

dem Brummifahrer
in die Augen sehen

na
wer grinst zuerst

okay
ich hab verloren

Und doch

In die endlosen Felder hinein. Das Fahrrad rollen lassen. Hinter mir verschwimmen Haus, Büsche, Zaun und Menschen in der heißen Luft. Was ist wahr, was ist Traum? Wohin geht meine Fahrt? Ich habe nicht gelebt wie die Mädchen mit den Zöpfen. Wieder einmal gute Vorsätze: Träume nicht dein Leben, lebe deinen Traum. Meine Bewerbung muss noch weg. Hat Markus eingekauft? Ich kann es mir gar nicht leisten, immer noch draußen zu sein.

Und doch: Gelbe Felder, grüne Wiesen, bunte Blumen, Sonne und Wind.

Das Mädchen mit den Zöpfen schlägt ein windschiefes Rad nach dem anderen durchs Gras. Die Stimme von Frau Pflicht dringt endlich mal nicht durch.

Die Ansprüche werden bescheidener

Glück allen Glücks
morgens deine Stimme zu hören
„bleib liegen,
ich mach das schon"

Zwei bis drei kostbarste Minuten,
bis es schließlich markerschütternd durchs Haus gellt:
„Nein! Mama soll das machen!"

Gospelkonzert

Fast die ganze Zeit
sitzen
mit übergeschlagenen Beinen.

Nur ganz selten
hebt der Herdentrieb
den müden Hintern vom Stuhl.

Und schon am Ausgang
brennen die Handflächen nicht mehr.

Dear Jesus
bin ich alt geworden.

Immer weiter (Klosterbach)

Der Specht hat aufgehört zu klopfen.
Andere Vögel
untermalen seine Mittagspause
mit ihren Melodien.
Das Wasser plätschert.
Die Glocken verklingen
zwischen den sonnenbeschienenen Winterbäumen.
Das Wasser fließt.
Schon den alten Mönchen
nutzte dieser Bach,
lese ich auf der Tafel.
Die Bierdose im Bachbett
hat ihre besten Tage wohl gesehen.

Levi

Du wirst ihm noch Löcher in den Rücken brennen
mit deinen tellergroßen staunenden Augen

Woher soll ich wissen
warum er ausgerechnet dich mitnehmen will

Weiß ich doch nicht mal
wie er auf mich kam

Aber er geht vor uns her
redet mal mit diesem
mal mit jener

dreht sich ab und zu nach uns um
und lacht uns an
weil wir's nicht begreifen

Wo es hingeht
ist uns jetzt egal

Seit diesem klaren „Folge mir“
sind wir schon bei ihm zu Haus

Aussendung

Die Stufen hinunter
noch mit zusammengebissenen Zähnen.
Allmählich jedoch entspannen sich Sohlen und. Knöchel.
Er hatte es gesagt:
Keine Stiefel.
Ballast abwerfen
für einen Weg
so unbekannt
wie verheißungsvoll.
Zurück bleibt ein weißer Zettel.
Alle Erklärungen wären zuwenig.

Holger Fischer

Angst vor dem Sommer

Das Kind stand am Fenster und hatte Angst vor dem Sommer.

Er würde wiederkommen,
mit seiner Hitze,
der gleißenden Sonne,
die über der Kuppel der roten Kirche ihre blitzenden Strahlen hinunterschmeißen würde.

Die Luft zum Atmen wird knapp werden,
und es wird schwer werden, einen Platz zu finden
mit Kühle und Schatten.

Den hohen Temperaturen hilflos ausgesetzt,
würde das Kind schwanken,
sich an den Wänden entlang tasten,
um Halt und Sicherheit zu finden.

Und wer wird diesen verdammten Sonnenbrand heilen?

Wegräumen

Er hatte doch nur diesen Platz.
Durfte er nicht auch einen Platz haben, an dem er sich so richtig wohlfühlte?
Die Parkbank, Sonnenschein - oder Regenhimmel.
Der Teich, die Enten, der alte Baum und das dürre Gras.
Stundenlang konnte er hier sitzen, einfach nur beobachten, die Welt genießen,
oder das, was ihm davon geblieben war.
Manchmal schlief er dabei ein.
So muss es auch diesmal gewesen sein.

Und dann hatten sie ihn weggetragen, samt Parkbank, weggefahren in einem Lieferwagen. Damit er nicht mehr stört. Sie beschwerten sich. Sie hatten sich schon immer beschwert.

Und jetzt saß er hier, im Schuppen unter dem Neonlicht, auf seiner Parkbank.

Zusammen mit dreiundzwanzig anderen Parkbänken, und auf jeder lag ein Penner.

Urlaub

Es gibt magische Orte.
Jeder weiß das.
Das hier ist so einer.

Oder liegt es nur am strahlend blauen Himmel,
an den weißen gekalkten Hauswänden und den blauen Fensterläden?
Der Brunnen da vorne, in der Mitte dieses kleinen Hofes.
Das muss heiliges Wasser sein.

Der alte Mann mit seiner Pfeife und der Mokkatasse: Ein ehrwürdiger Patriarch.
So sahen wohl in den alten Zeiten die Stammesführer aus.
Bedächtige Männer, die mit wohlgewählten Worten die Geschicke ihres Volkes lenkten.

Von rechts schleicht eine schwarze Gestalt heran.
Zerzaustes Fell, ein Ohr mit Rissen und ein glühender Blick aus grünen Augen.
Wie viele Leben haben Katzen? Diese hier stammt bestimmt von einem alten Zauberer.

Die Wärme ist angenehm. Der Alte blickt mich gütig an.
Die Hand mit der Pfeife deutet auf den freien Platz an seiner Seite.
Ich fühle mich geehrt, nehme dankbar Platz. Dann lauschen wir beide der Stille.
Schließlich räuspert er sich: „Du wollen Katze kaufen?“

Großmutter

Es war immer dasselbe. Vor dem Frühstück mussten unverdauliche Texte genossen werden. Die Losung des Tages. Das geht schnell vorbei, zum Glück. Der Bibeltext für den Tag. Das dauert schon länger. Dann das Kalenderblatt. Neukirchner Kalender, Gottes gütiges Grauen. Bei Bedarf Vorder- und Rückseite. Alter Schwede!

Faszinierend war es, sie dabei zu beobachten. Meine Großmutter. Eine Pfarrfrau von tiefer Gläubigkeit, kluger Weitsicht und gelassenem Gemüte. Wie behutsam sie mit den Büchern umging. Für sie waren es große Kostbarkeiten. Eine Bibel, die schon in Fetzen hing. Mindesten mein Großvater hatte sie bereits in Gebrauch. Diese Buch strömte Leben aus.

Und zum Schluss, das Gebet des Tages. Mein Großvater hatte für jeden Wochentag ein Gebet verfasst, ich meinte, seine Stimme zu hören, obwohl ich ihn nicht kennen gelernt habe. War es dies, was ihr von ihm blieb? Während dieser Prozedur konnte ich den Blick nicht von der köstlichen selbst gemachten Marmeladen, den knusprigen Brötchen lassen.

Aber diese Frühstück musste man sich erst verdienen ...

Und das Himmelreich wohl auch.

Andreas Hausfeld

Grelle Sterne

Sterne tragen sie am Herzen.
Spaten erdrücken ihre Schultern.
So marschiern, marschieren sie
und zünden sich Selbstgedrehte an.
Was ein Wunder ist in Zeiten,
in denen man von Papier nichts
anderes kann als träumen.

Wo sich das Moor verwächst,
stechen sie es auf und zerren mit
rissigen Händen die Herzen vom Leib.
Da endlich halten die anderen sie
einen Wimpernschlag lang für Bäume,
eine Spur Moos oder den Schatten
von etwas Erdachtem.

Scheunentor

An seinem Bogen stößt sich kein Kopf mehr.
Kein Schmerz lehrt trotzend das Fluchen gegen
die Härte der Steine, von Feldern gesammelt.

Dieses Tor haben sie umgebracht. Es ist nicht mehr,
was ihm Sinn gab. Zement füllt seine letzte Leere.
So steht es in der Wand wie ein versteinertes Grab.

Niemand geht mehr ein noch aus, auch nicht der
Sand an der einstigen Schwelle. Und die Schwalben
kennen längst andere Wege zu ihrer Brut.

Allein der alte Hund des Försters hinterlässt an
den Pfosten gelegentlich einen vergehenden Gruß.

Ulf-Peter Irmer

Verbotene Straßen

Ihr dürft überall spielen, aber da nicht, nicht in *dieser* Straße. Warum, das sagten sie nicht.

Neugier, Übermut, Abenteuerlust - was Jungen eben so treibt, Verbote zu ignorieren. Gespielt haben wir dort nicht, nicht in dieser Straße. Aber wir waren da, heimlich.

Im Sommer, im Winter. Immer standen sie da, warteten. Die müssen doch frieren in ihren kurzen Röcken, ohne Jacke oder Mantel. Ab und zu kam ein Auto, hielt. Eine Frau stieg ein. „Der will die ficken!" sagte einer und lachte so, als ob er Bescheid wusste.

Später fuhr ich selber Auto und lernte: auch andere Städte hatten verbotene Straßen. Und ich weiß Bescheid: man(n) muss ihnen die Tür öffnen - damit sie nicht frieren.

Sommernacht

warm auf der Haut
weich im Gesicht

Gefühle tanzen
auf Seelenparkett
ausgelassen umeinander

Lust fügt sich
unzertrennlich
zu einem Schrei

Eisblumen

Ein Sprung in der Scheibe. Zuerst habe ich ihn gar nicht bemerkt; habe nur den trüben Himmel und das Dach vom Nachbarhaus gesehen.

Einfachglas, kein Thermopane. Kondenswasser sammelt sich, behindert den freien Blick; lenkt ihn auf das Vordergründige. Ich entdecke Spuren von Leben am Fensterkitt. Leben von der Feuchtigkeit auf der Scheibe. Grünbräunlich, so ganz anders als das Grau-in-Grau draußen.

Mein Blick geht zurück zu dem Sprung. Wie lange ist der wohl schon da? In der ersten Wohnung meiner Eltern hatten wir auch solche Fenster. Im Winter waren diese Scheiben zugewachsen mit Eisblumen. Wenn man sie anhauchte, verwandelten sich die Eisblumen in lauter kleine Wassertropfen.

Ich habe gern auf der Fensterbank gesessen.

Himmelswasser

Sternenblitze, ohne Donner
klein aus der Ferne
treffen dich und locken

winzig-groß so ganz nah
kleine Blitze

Himmel unten
wachsen hohe Bäume krumm
von oben herab

die Welt steht Kopf
zittert, zerspringt

Regenbogenlicht trifft dich
ein Sternenblitz

Gespräch

Stimmen
sammeln sich

Worte kriechen
zu mir in mich
zerfallen

neue Silben werden
zur Mundgeburt

Regatta

Hooohl weg, hoohl weg ...! Beine anziehen, Arme strecken, Blatt drehen, eintauchen – Zug. Beine strecken, Arme anziehen. Hooohl weg! Hooohl weg! Der Start war gut; kein Krebs gezogen, gleich von Anfang an vorne mit dabei.

Hooohl weg! Hooohl weg ...! Wasser spritzt auf beim Eintauchen – Druck – Zug. Das Boot läuft gut, ich kann es spüren.

„Noch 500 Meter. Ihr liegt gut!“ 500, das schaff ich, kann sogar noch zulegen, auch wenn die Arme heiß werden, aber ich kann! Schaue rüber. Mit dem Schlagmann auf gleicher Höhe. Das hohlen wir auf, ich kann noch, die anderen auch.

Faxe vor mir, die gleiche Bewegung: nach vorne rollen, Arme raus, Blatt ins Wasser, Muskeln spannen – Zug. Ich will gewinnen! Hooohl weg, hooohl weg!

Wir jagen das Boot übers Wasser, Klaus zieht das Tempo an, Zwischenspurt.

Noch einmal gewinnen! Hooohl weg, hooohl weg!

Arme und Beine brennen, trotzdem, habe meine Kraft gut eingeteilt, warte auf das Zeichen vom Steuermann.

Dong! ... Die Mindener reißen die Arme hoch.

„Ihr liegt gut! – Scheiße, du bist doch der Steuermann, warum hast du nicht das Zeichen gegeben? Das war mein letztes Rennen als Junior. Ich hätte doch noch gekonnt!“

Olympia

Der Tag ist Arena
Zeiger die Athleten
kriechen hüpfend
um die Wette

Zahlen markieren
den Bahnkreis
eine für Nacht,
für Abend und Tag

eine für Morgen,
die Stunde
mit Gold im Mund

zum Siegespreis

Das Fenster

„Dein Kind!“ Das ist immer so. Wenn er was anstellt, heißt es „dein Kind!“.

Sie waren wieder mal oben auf der Kuppel - im Sommer ihr Lieblingsplatz. Haben bei dem alten Schuppen gespielt.

Mein Kind stand da, sah mich an. „Hast du wieder was angestellt?“ „-“ Ich höre ihn atmen, ängstlich; ich warte, lasse ihm Zeit. Und dann geht’s los: „Das Fenster, das Fenster!“ „Was für ein Fenster? Was ist mit dem Fenster?“ „Das war’n wir nich’. Das ist von alleine - weil, wir konnten den Ball nich’ finden. Und dann ist Sven in den Schuppen und dann war das so laut und die Scheibe is’ kaputt, wegen dem Stock! Der is’ dagegen.“

Auf der Wiese

Deine Hand erzählt ein Lachen
auf meine Haut

Dein Mund malt Farben
in mein Ohr

Deine Augen singen Lieder
von unserer Lust

Astrid Kühn

Kartoffelernte

Es war frisch an diesem Morgen. Der Tau lag auf dem Gras. Wir standen in der Waschküche, und ich zitterte vor Kälte. Schnell zog ich noch einen Pullover über. Ich nahm meine beiden Kartoffelsäcke, band mir jeweils einen um jedes Knie. Wir zogen los aufs Feld. Eilig machten wir uns ans Tagewerk. Die Kartoffelkiepe neben uns herziehend rutschten wir über die kalte schwarze Erde und sammelten die Kartoffeln ein.

An diesem Tag wurde nur wenig gesprochen. Wir wussten, die Kartoffeln müssen jetzt raus aus der Erde. Sonst holt sie der erste Frost.

Gegen Mittag endlich eine Pause. Wir aßen unsere Butterbrote. Jeder hing seinen Gedanken nach. Die Ruhe war beängstigend. Dann sammelten wir weiter unsere Kartoffeln. Gegen Abend erlöste uns die Dunkelheit von der Arbeit.

Mit den letzten Säcken waren wir auf dem Weg zum Kartoffelkeller. Ein Schrei durchdrang die Stille. Was war das? Es war Mutter, die schrie. Wie von Sinnen. Wir liefen zum Keller. Da hockte sie. Eine Kartoffel in der Hand. Dunkles Wasser tropfte durch ihre Finger.

Ich nahm eine Kartoffel auf. Völlig verfault zerfiel sie in meiner Hand. Wasser tropfte durch meine Finger. Ich nahm noch eine in die Hand, dann noch eine und noch eine. Tränen liefen mir über die Wangen.

Ritter Sengstert

Barfuss krochen wir durchs Dickicht. Die Dornen der Brombeersträucher zerkratzten unsere Arme und Beine.

Irgendwo hier mussten sie sein. Die Alten hatten die Stelle oft beschrieben. Dann lichtete sich das Dickicht. Da lagen sie. Alte Steine, schwarz verkohlt. Einige Hausgrundrisse waren noch deutlich zu erkennen. Hier hatte es also gestanden, das alte Dorf. Ein leichter Brandgeruch stieg mir in die Nase. Es knackte im Gebüsch.

Sekundenlang wagte keiner zu atmen. Dann war es wieder ruhig. Nur meine Angst wuchs. Würde er wiederkommen? Was würde uns passieren?

Er hasste Kinder. Und er hasste die Alten, die einmal hier gelebt hatten.

In ihren Kindertagen hatten sie ihn geärgert. Den Schweif seines Pferdes hatten sie angesengt. Sie riefen ihm nach: Ritter Sengstert, Ritter Sengstert.

Ein harmloser Kinderscherz. Seine Rache war grausam.

Bei Nacht brannte er das Dorf nieder. Die Menschen flohen. „Ilt up't Horn, ilt up't Horn“, rief ihnen der Stammesälteste zu.

Sie liefen um ihr Leben. Weg vom Feuer, durch sumpfige Wiesen den Hügel hinauf. Auf dem Horn, jenem kleinen Hügel, auf den sie sich geflüchtet hatten, entstand das neue Dorf. In Erinnerung an jene Nacht nannten sie es Ilhorn.

Elmar Orths

Nordseitenkind

Ich werde oben sitzen.
Unter dem Dach ist es stickig,
aber darüber freue ich mich.

Ich bin ein Nordseiten-Kind.
All' die Kinderjahre hindurch habe ich auf der Nordseite gewohnt. Klein war das Zimmer, in dem mein Bruder und ich zuerst untergebracht waren.
Klein war es, sehr klein und - nördlich.
Nach Jahren bekamen wir das größere Zimmer. Zwei meiner Schwestern waren ausgezogen. Dieses Zimmer war groß - und nördlich.
Nach einer weiteren Schwester bekam mein Bruder deren Zimmer. Da hatte ich nun mein erstes eigenes: groß, eher zu groß - und nördlich.
„Jedenfalls ist es im Sommer immer kühl hier", sagte ein Freund einmal. Ja. Wenigstens das.
Nachher habe ich mich noch in einigen Zimmern eingerichtet. Sie hatten alle ihre Vor- und sicher auch Nachteile.
Und nun - viel später - ist uns die Wohnung zu klein geworden. Wir wollen den Dachboden ausbauen. Schwierige Entscheidung.: Sollen wir die vordere Hälfte nehmen oder die hintere? Vorn ist mehr Platz. Auch für den Wäscheboden bleibt mehr übrig. Gute Argumente.
Aber ich sperre mich dagegen. Alles wehrt sich. Ich will das nicht. Denn dieser Raum mit den guten Argumenten: Er ist nördlich.
Ich will endlich auf der Sonnenseite des Lebens stehen.
Oder jedenfalls dort wohnen.

Und dann werde ich sitzen, oben unter dem Dach
und kaum arbeiten können, weil es stickig ist.
Aber ich werde mich darüber freuen.

Birgit Otte

Verboten

Noch ein paar Schritte, dann steht sie vor dem Gebäude. Durch die Fenster dringt schummriges Licht nach draußen. Vereinzelt ist Lachen zu hören und Gläserklirren. Magisch zieht es sie an, dieses Haus. „Du darfst da nicht rein, das ist die Hölle!“ Deutlich hat sie die Worte noch im Ohr. Und doch. Heute will sie es wagen, will ergründen, was hier geschieht. Das Herz klopft laut, als sie die Tür öffnet. Drinnen sieht sie einen Tisch. An ihm sitzen Männer und Frauen. Sie schauen gebannt auf eine Kugel, die in einer runden Schale herumgewirbelt wird. Als sie neugierig näher kommt, stolpert sie. Ein Engel stolpert im Casino. Sie fällt auf den Boden und ist leicht benommen. Doch sie steht wieder auf. Sie streicht ihre Flügel glatt und setzt sich an den Tisch. Die Kugel rollt.

Sonnenstrahl

Grau in grau, Tropfen an Tropfen. Nicht ein Sonnenstrahl durchdringt die Wolken. Keine Lust nach draußen zu gehen. Keine Lust, die alte Parkbank aufzusuchen und sich nasse Hosen zu holen. Es hätte so ein schönes Wochenende werden können. Nach den anstrengenden Arbeitstagen endlich frei. Zeit für schöne Dinge. Und nun das: Regenhimmel, grau in grau. Es ist so dunkel, dass sie Licht anmachen muss. Doch das erhellt ihre Laune auch nicht. Trübe Gedanken durchziehen den Raum. Was tun? Ein Buch lesen? Fernsehen? Sie greift zum Telefon und wählt die Nummer ihrer Freundin. Die Stimme auf dem Anrufbeantworter ertönt: „Manchmal dauert es etwas, bis ich es ans Telefon schaffe ...“ Dann das ersehnte Knacken: „Hallo, hier ist Sabine.“

Nase vorn

Viele Male hatte er es versucht, aber immer war es ihm am Ende doch nicht geglückt. Einmal war er so aufgeregt, dass er einen Schluckauf bekam. Er sprang zu früh und - pardauz - alles war verpatzt. Ein anderes Mal zwang er sich zur Ruhe und atmete tief durch. Er schlief ein und erwachte erst wieder, als die anderen ihn mit in die Luft nahmen - natürlich viel zu spät. Doch heute sollte es gelingen. Konzentriert schaute er in das Rund und sah seinen Geschwistern nach, wie sie ihren Weg nach unten fanden. Er passte den richtigen Augenblick ab und sprang. Leicht segelte er durch die Luft und diesmal hatte er die Nase vorn. Diesmal war er der Tropfen, der das Fass zum Überlaufen brachte.

Claudia Prüß

Wer hat Angst vorm schwarzen Mann

Du schwarzer Mann, nun bist du tot.
Liegst nackt neben deiner Waldhöhle.
Spät erst hat man dich gefunden.
Im Dorf erzählt man sich, deine Höhle sei zerstört, niedergetrampelt.
Jemand habe deine wenigen Habseligkeiten durchwühlt.
Du bist tot – nackt und ungewaschen.
Schwarzer Mann meiner Kindheit – ich sehe dich noch mit dem Fahrrad durchs Dorf fahren. Zwei oft gebrauchte Plastiktüten am Lenker.
Dein Gesicht kaum zu erkennen. Tiefe Falten, wilder Bart, ungewaschene Haare.
Nur deine Augen, in die kann ich manchmal sehen,
wenn du bei Erna an der Kasse für Kleinigkeiten zahlst.
Schwarzer Mann. Schwarz. Das ewig Lockende. Und auch: ich habe Angst.
„Mit Menschen kann ich nicht mehr leben. Die können nur enttäuschen. Die Tiere, die sind zuverlässig“, erzählst du.
Du bist tot.
Liegst steif auf dem Waldboden.
Und sie holen dich.

Weiß

Nur zögernd setzt er den Farbeimer auf den Boden ab. Noch einmal fühlt er das Holz des Pinsels in der Hand, dann stellt Gerd ihn in den Eimer. Sein Haus ist fertig. Ein schönes Haus, das er sich gebaut hat. Nicht sein Haus, aber das Haus, in dem er sein darf. Zum Schluss hat er es ganz weiß gestrichen. Alles in Weiß. Weiß lenkt nicht ab - lässt den Fragen freien Lauf. Ob es antworten wird im Laufe der Jahre? Der Tischler bringt den großen Stuhl. Hierin wird er sich im Sitzen üben und auch schlafen. Er wird die heiligen Schriften studieren - seinen Geist schulen. Aufmerksam sein. Die Texte hat er bereits in das Regal gelegt. Einzelne Blätter, die sorgfältig in frohe bunte Tüchern gelegt wurden. Seine Hand fährt liebkosend darüber. Er kann es nicht erwarten, sie aufzublättern. Immer und immer wieder zu lesen. Alles ist nun bereit. Vor dem Tor verabschiedet er Eltern und Freunde. Besitz hat er schon lange nicht mehr. Er hat gefunden - die Suche kann beginnen. Lebenslänglich - die Tür hinter ihm schließt sich leise. Aus dem Fenster sieht man weit über das hügelige Land bis hin zu der Gebirgskette - wenn der Himmel klar ist.

Entdecken

Die Anstrengungen der langen Reise finden sich noch in ihrem Gesicht. Und Glück strahlt hindurch. Entdeckerin neuer Welten, zurückgekehrt mit einer neuen, großen Liebe im Herzen. Am Rucksack noch der rote Staub Afrikas. Bunte Tücher - die sie sich am Abend um den Körper legt - quellen daraus hervor. Ihr langsamer, fließender Gang erinnert an das Leben und die Musik dort.
Mitten auf der Wiese vor dem Wald breiten wir die Decke aus. Der Sommer kündigt seinen Abschied an. Träge weht ein leichter, milder Wind. Sie öffnet den gekühlten Sekt, füllt ihn in die extra guten Gläser. Schweigend schauen wir über die kleinen Hügel Hessens. Sanfter Schwung unterbrochen von gespannten Stacheldrahtzaun. Zurück in Deutschland. Ihre Augen erzählen mir von der Unendlichkeit des anderen Kontinentes. Ihre Stimme trägt die Sehnsucht. Ihre Hände liebkosen den Sand, die Bäume, die Menschen - dort. Ich weiß nicht mehr wohin mit meinem Blick. Der Sekt schmeckt schal - will gehen, laufen, Halt finden an den Fachwerkhäusern der engen Gassen.
„Kauf' die Tickets für den nächsten Flug, lass' uns finden, was wir lang gesucht."
Ihr Lied für mich - singt sie laut - leise höre ich.Wir werden keine gemeinsamen Tickets mehr kaufen.

Anders-wo

Seit dem Umzug in die andere Stadt sitzt das Kind am Fenster, auf der Fensterbank. Es ist Sommer, doch es findet keinen Weg hinein, hinaus. Es atmet gegen das Glas und ein feiner Nebel legt sich über das Nachbarhaus, über die Straße über die großen Bäume. Der Finger schiebt sich quietschend durch den Nebel und baut die alte Stadt, mit vertrauten Wegen, freundlichen Fenstern und goldenen Kuppeln.
Und dann ist doch wieder das Neue dort, der neue Ort. Der Blick tastet die Konturen ab. Angst vor dem, was sich hier finden lässt. Und wenn es gar nicht sucht? Muss es dann finden? Einen Augenblick noch hält es inne, schwankt, dann springt das Kind von der Fensterbank, läuft vor die Tür und schreit die Straße hinab: „Ich such' euch gar nicht!“

Nachbarschaft

Vor dem Frühstück ein verschlafener Blick aus dem Fenster. Da seh' ich ihn auch schon. Nach kurzer Zeit vertraut. Die Enden der Cordhose in schwarzen Gummistiefeln und darüber die blaue Arbeitsjacke. So steht er mitten im Gemüsebeet zu Beginn des Gartenjahres. Ein Bauer hat guten Mist gebracht, der will unter die Erde.
Bedächtig hebt Hein seinen Spaten, sticht die Erde auf und legt sie ab. Langsam und aufmerksam haut er sie auf. Mischt zum richtigen Teil den Mist darunter und legt die gute Erde zurück. Stich für Stich. Kommt jemand an seinem Garten vorbei, so hält er inne, lehnt auf seinem Spaten und brüllt seinen Gruß. Hein hört nicht mehr gut. Die meisten bleiben stehen. Mit den Älteren kommentiert er Neues aus dem Dorf. Jüngeren – oder uns Neuen - gibt er Ratschläge zum Überleben im Alltag oder erzählt, wie es früher war, als kleiner Pachtbauer, noch ohne Auto.
Er erinnert sich gut, fast immer mit einem verschmitzten Lächeln.

Bruder

Das Wetter war schön. Sonntag Nachmittag, und sie gingen gemeinsam spazieren. Sie fühlte den weichen Waldboden unter ihren Füßen. Ihr Bruder ging einige Schritte vor ihr her. Seine Frau ging neben ihr, sprach vom Garten erzählte Neues von den Nachbarn. Sie konnte kaum noch hören, was sie sprach. Und die Antworten passten nicht immer, das sah sie an ihrem Blick. Aber sie musste doch wenigstens so tun als höre sie zu. Immer wieder gingen ihre Gedanken all die Jahre zurück. Es gelang ihr einfach nicht, sie zu halten.

Damals, als sie mit der Schwester bei der Tante war und wartete. Gar nicht so genau wusste, worauf sie wartete. „Heute bekommt ihr ein Brüderchen", hatte die Tante gesagt. Aber warum durften sie dann nicht zu Hause sein, bei der Mutter? Spät am Abend brachte die Tante sie zurück. Sie war still und redete nicht, hörte nicht. Zu Hause saß der Vater. Allein in der Küche. Er war so klein. Sie hatte Angst. Angst vor ihm. Angst in diesem Haus. Es war so still und in ihrem Kopf die tausend Stimmen. Sich bloß nicht rühren – nichts bewegen.
„Mutter ist tot." „Ihr habt einen Bruder bekommen."
Und sie sah den Wurm.
Sie schaute auf und konnte ihre Blicke kaum zügeln.

Jutta Schlesselmann

Zum ersten Mal Engel

Zum ersten Mal durfte sie mitmachen beim Krippenspiel in der Gemeinde. Diese führte alljährlich die Weihnachtsgeschichte auf, ein Ereignis, das weit in die Region hinein bekannt war. Es war etwas Besonderes, dabei sein zu dürfen.

Die Kinder arbeiteten sich sozusagen hoch: Als kleines Kind war man erst mal Engel. Darüber freute man sich, denn die Kostüme mit den Flügeln waren schon atemberaubend. Irgendwann mit 14 oder 15 wurde man mit etwas Glück Maria.

Aber jetzt erst mal Engel.

Eltern, Großeltern, Verwandte, alle wollten dabei sein, um sie zu sehen.

Sie hoffte nur, dass Papa seinen Anfall nicht gerade heute, am Aufführungstag bekommen würde. Es zog ihn ins Casino. Er musste dahin gehen. Er kam nicht dagegen an. Und so war es denn auch: Vorm Losgehen in die Kirche fehlte Papa.

Sie wurde traurig. Keine Lust mehr aufs Krippenspiel. Sie läuft zum Casino, rennt den ganzen Weg, schon im Kostüm. Reißt die Tür auf, stolpert ins Casino. Drinnen dunkel. Irgendwo Papa. Sie läuft auf ihn zu. Stolpert wieder. Alle drehen sich um. Papa sieht sie erstaunt, aber gänzlich abwesend an, sagt: „Geh schon mal vor, ich komme nach.“ Sie glaubt ihm nicht, drängelt. Er stößt sie grob weg: „Geh!“

Diesmal gehorchte sie und ging, stolperte aus dem Casino in die Kirche, gerade noch rechtzeitig.

Stand beim Spiel ganz hinten - ein Engel im angegrauten Kostüm.

Fulko Steinhausen

Regen

Der Regen spürt die auf,
die kein Zuhause haben,
scheucht sie in Hauseingänge, Geschäfte, Haltestellen,
lässt sich vom Wind unter die Regenschirme tragen,
dringt in die Kleidung,
fällt auf den Boden,
springt wieder hoch,
arbeitet sich langsam durch die Hosenbeine,
bis auf die Haut -

lässt mich träumen,
vom Sessel am Kamin,
von warmen Decken und dampfenden Tassen -
in einem Haus geborgen sein.

Reden ist Silber

Welche Farbe hat eigentlich das, was ich sage?

Wenn ich jemanden anschreie,
ist das dann eher Rot,
oder Violett mit viel Schwarz,
oder Giftgrün?

Wenn ich auf der Arbeit Ergebnisse präsentieren muss,
ein kühles Blau, vielleicht?

Wenn ich jemandem zärtliche Worte ins Ohr flüstere -
Rosa?
Nein, zu kitschig.
Ein luftiges Gelb?

Reden ist Silber, sagt man,
Quatsch!
Reden kann alle Farben des Regenbogens haben.

Und Schweigen ist Gold?
Ja, denke ich,
in der Stille des Klosters.

Aber ist das Schweigen, das mein Herz verschließt,
Gold?

Jan-Hendrik von Stemm

Das Lachen

Ein Lachen tritt auf weites Feld
zeigt blanke Zähne, freigestellt
in ebenmäß'ger Reihe.
Es ist schon halt, ja hoch betagt
hat viel geliebt und viel gewagt
nun sehnt es sich nach letztem Ziel
vom Leben will es nicht mehr viel
nur eine Antwort noch – wohlan! –
wär' alles zwischen Löwenzahn,
Klee, Hafergold und Kleie.

Das weite Feld, es wogt, es lebt
vor Schritten jeder Grashalm bebt
geschäftig ist das Treiben.
Scheint um das Lachen sich zu drehn
doch nur ein Lachen ist zu sehn
das harrt inmitten, zeitgebückt
und doch erwartungsfroh verzückt
und schaut ob sich ein Blick verirrt
das Lachen trifft, das hätte Wert
sonst müsst's alleine bleiben.

Allein im Menschenmassenrund
und nur ein Lachen auf dem Mund –
frei – ohne Arg und Reue
ein zweites Lachen tritt hervor
vom linken bis zum rechten Ohr
antwortet es dem Lippenspiel
dem Glanz der Zähne, Freudenziel
steckt doch noch eins das andre an
vollendet eins im Löwenzahn
und, erst erwacht, das Neue.

Die Wette

„Dann lass uns darum wetten!“ sagte Herr Mauerstein zu Herrn Außenputz, „lass uns darum wetten, dass Du eher abbröckelst und mir nicht länger die Sicht auf die Sonne versperrst, als dieses Gebäude von allein in sich zusammenfällt.“

„Abgemacht, die Wette gilt“, rieselte Herr Außenputz. „Denn da kannst Du lange warten. Dieses herrschaftliche Haus ist – du erinnerst dich gut – eben erst gebaut. Und bei deinen Kollegen, diesen Mauern, ist’s glatt gebaut für die Ewigkeit.“

Herr Mauerstein knirschte leise vor Wut in den Fugen, die sich gerade setzten und um ihn festigten.

„Du weißt: Ich rede mit meinen Nachbarn kein Wort. Bin ich doch von reinem Travertin und taugte eher zu edler Fußbodenplatte. Nur ein Irrtum versetzte mich hier her. Und das an einem so schönen Sommertag. Versetzt ins Dunkel, zugeschmiert mit dir, Außenputz!“

„…und zwar auf immer und ewig“, war die kalkfahle Antwort. „Denk an unsere Wette. Mein Wunsch war’s auch nicht, auf dir zu kleben.“

- Schweigen -

„Scheint die Sonne noch?“ murmelte es unter dem Putz. Wie viel Zeit mochte seit dem letzten Streit vergangen sein? Jahre? Jahrzehnte? Länger?

„Es ist kalt und feucht – ich will die Sonne spüren.“

Herr Außenputz schien zu keuchen: „Sei bloß froh, dass du da unten steckst. In Sicherheit. Du ahnst ja nicht, was hier draußen los ist.“

Was draußen los war, sagte er nicht. Und Herr Mauerstein wurde noch neugieriger: „Fall ab, tu mir den Gefallen! Ich will die Sonne sehen!“ Der Putz hielt sich hartnäckigst.

Von den Ecksteinen des Gebäudes her aber erhob sich über die Jahre leises Jammern und Klagen. Die Putznachbarschaft war spröde geworden und fiel ab. Nur Herr Außenputz widerstand Frostperioden, Spinnen, Asseln und Efeu; widerstand schützend stärksten Temperaturschwankungen. Doch er spürte die wachsende Schwäche schließlich selbst. Irgendetwas veränderte sich. Hätte er Ohren gehabt (Herr Mauerstein konnte nur durch die direkte Nähe wahrnehmen), hätte er Ohren gehabt, so hätte er Motoren gehört, stärker und immer lärmender. Rege Bautätigkeit rüttelte ihn. Seine glatte Oberfläche wurde dunkel und brüchig. Herr Mauerstein begann an den Kanten freizuliegen. Ihm kamen Zweifel, denn mit den Ecken erkannte er: „Die Sonne scheint nicht mehr.“

Plötzlich, nach einem heftigen Regenguss, der Herrn Mauerstein zum ersten Mal so richtig durchweicht hatte, passiert es. Ein harter Frost sprengte Herrn Außenputz ab, gerade wie es sich Herr Mauerstein über Jahrhunderte gewünscht hatte.

„Ich kann mich nicht mehr halten“, knisterte Herr Außenputz und fiel.

Verwitternd vor Ruß und Abgas sehnte sich Herr Mauerstein mit geschwärztem Travertingesicht zurück ins Dunkel. Tief unter ihm löste sich Herr Außenputz im Abwasser auf.

Nicht mit diesen Schuhen

„Nicht mit diesen Schuhen!“ Herr Westersen sah vorwurfsvoll auf mich herab. „Diese Schuhe kommen nicht mit auf mein Boot.“ Meine Gedanken überschlugen sich. Gestern die Tagestour im Harz. Einmal Brocken, hin und zurück. Oder besser – auf und ab. Im Matsch. Und heute am Steinhuder Meer, mit dem alten Familienfreund und seinem neuen alten Boot. Da lag er vor uns: der restaurierte Jollenkreuzer. Mahagoni, Hochglanz. Der Geruch von frischem Bootslack verdeckte die sanfte Ahnung von Wasser und Räucheraal. Mein Blick wanderte vom schmucken Boot zu den verkrusteten Gebilden, die meine Füße umschlossen. „Spießer“ schoss es mir durch den Kopf. Und gleichzeitig: „schlechte Karten.“ Herr Westersen hatte Recht. Selbst als Landratte hätte ich zumindest an Turnschuhe denken können. „Was nun, zieh’ aus den Dreck, aber lass’n hier“, drängelte Herr Westersen. „Der Wind flaut schon ab.“ Ich sah mich um. Nur unser Steg, weit draußen. Kein Busch, keine Tasche und ein nörgelnder Westersen, der bereits das Großsegel setzte. Bei dieser Erbarmungslosigkeit war mir klar: Meine Stiefel mussten an Land bleiben. Schon barfuss auf dem rauen Holz stehend, kam mir die Idee. In meiner Hosentasche fand ich Zettel und Stift. Kurz darauf legten wir über Backbord ab. Westersen den Blick voraus zum Wilhelmstein. Ich nach achtern zu einem Paar Wanderstiefel mit einem Schild: „Bitte stehen lassen, bin segeln – nicht gesprungen!“

Was für Lampen

Freitagabend ist gekommen. Das Wochenende ruft mich hinaus ins erste Grün des anbrechenden Frühjahrs. Natürlich sind die Tage noch kurz, und so will ich jede Stunde nutzen. Schon dämmert leicht der Abend herauf. Der Regenhimmel ist aufgebrochen und das Rot, das die Wolkenberge einrahmt, misst die freie Zeit aus, die vor mir liegt. Meine Lieblingsbank im benachbarten Park ist das Ziel. Von hier aus kann ich den Sonnenuntergang sehen. Heute sitzt dort ein älterer Herr; ziemlich genau in der Mitte. Versonnen blickt er vor sich auf den Boden, die Wangen gerötet vom Widerschein des Abends. „Darf ich mich zu Ihnen setzen?“ frage ich. Er rückt etwas zur Seite, macht eine schwache einladende Handbewegung ohne aufzublicken. So erleben wir den Abend gemeinsam. Von Ferne betasten uns die Lichtfinger der vorbei fahrenden Autos. Wir sitzen wie auf einer Bühne. Plötzlich sagt der Herr: „Was für Lampen!“ „Ja“, meine ich, „Halogen“. Fast bläulich-kalt sticht es ins Dunkelrot des Abends und kann es doch nicht aufhalten. „Im Krieg bin ich Lieferwagen gefahren“, meint der Mann. „Wenn Angriffe drohten, ganz ohne Licht. Aber die Waren mussten raus. - Was für Lampen! Heute hat mein Auto sie auch. Und ich lasse sie immer an wenn ich fahre. Auch am Tage.“ Bald darauf war der Abend hereingebrochen, und der Mann begann zu frieren. Wir verabschiedeten uns. Ich blieb noch einen Moment sitzen und sah ihn in Gedanken fahren: Mit Licht, lächelnd ins Abendrot.

Angela Werner

Zeit

Warten -
fließende, strömende, ausufernde, wuchernde Zeit.
Keine Zeit zum Warten.
Zum Verwarten wirklich keine Zeit.
Jedenfalls keine Warterei mehr auf die Zukunft.
Kein Warten - auf den Traumprinzen, die Rente, das abgezahlte Haus, auf Zeit.
Warten können und Zeit haben können. Zeit haben wollen.

Wachsen braucht Zeit, einen Ort, einen Standpunkt, vielleicht einen Fluchtpunkt?
Meine Zeit fliegt mit mir, aber manchmal - kostbarste Zeitfetzen dann - bleibt sie unvermutet stehen.
Meine Kraft liegt nicht in der Ruhe, wohl aber im Verweilenkönnen.

Stehende Zeit.

Zeit, die immer steht.

Stehende Zeit ist alle Zeit überhaupt. Alle Zeit, jede Zeit der Welt, jedes einzelnen Menschen Zeit ist aufgehoben in Gottes Hand. All diese Zeit war schon immer dort, ist auch jetzt im Augenblick dort und wird für immer dort verwahrt sein.

In der Sommersonne auf der Bank im Krankenhausgarten. Viele Apfelbäume. Es ist ein guter Apfelsommer. Die Bäume sind voll. Es ist Nachmittag, die Sonne umhüllt und wärmt ganz durch. Kein Warten, Zeit unendlich: die Wärme, die Äpfel, die Wiese, die Bank. Dann fällt ein Apfel vom Baum. Er platscht nicht auf, mit einem dumpfen satten Ton liegt er im Gras. Sonnenwarm.

Es fielen, plumpsten, kollerten noch viele Äpfel an diesem Tag von ihren Zweigen - verschwenderisch viele in meiner Zeit.

Ritterstraße vier

Jetzt ist der zweite Herbst in unserem Haus. Allmählich wird es ein Zuhause. An vielen Tagen birgt es uns schon. Wir kennen uns nun ja auch besser, das Haus und wir.

Dazu gäbe es so vieles zu sagen.

Das Haus hat uns und die Veränderungen, die wir ihm aufgezwungen haben, akzeptiert. Wir haben ihm wieder Leben gebracht. Licht, Stimmen, Musik, ich singe viel.

Dieses Jahr haben wir drei richtige Feste gefeiert.

Lachen und Spaß. Recht wenig Streit und kaum Zanken. Unsere Sorgen im Moment gut erträglich.

Ich glaube aber, dass das Haus am frohesten über die verschiedenen Gerüche und Düfte ist, die es vor uns lange nicht mehr gehabt hatte. Nicht mehr nur abgestandene, dumpfe Luft, Renovierungsgestank und auch kein Taubendreck mehr.

Stattdessen riecht es - von oben nach unten - nach Büro, Computern und Papier. Nach den Büchern, Wäsche, dein und mein Geruch - mit und ohne Deo, Honigseife, Joops *Femme*, Kerzen, Blumen. Unten Küchendüfte, Knoblauch und Zwiebeln, Kaffee, chinesischer Tee, Apfelmuskochen, Pflaumenmus tagelang. Basilikum und Rosmarin aus dem Garten hätte ich beinahe vergessen.

In Wirklichkeit ist es natürlich viel mehr und den Kellergeruch lasse ich jetzt ganz weg. Aber so wie das Haus die Gerüche festhält, glaube ich doch, dass es uns auch mag.

Wir können dort bleiben.

Die roten Sandalen

Als ich in der sechsten Klasse war, bekam ich zum Sommer neue Sandalen. Gekauft wurden sie in Kösters Schuhladen. Damals lebte der alte Herr Köster noch.

Wie immer habe ich viele Paare anprobiert, und es war meiner Mutter peinlich, dass ich so lange für die Entscheidung brauchte. Dabei wusste ich jedes mal sofort, wenn es die richtigen waren.

Wie meine roten Sandalen. Drei Riemen auf jeder Seite, die mit einem roten Band in der Mitte zusammengebunden wurden. So reinschlüpfen ging nicht. Meistens habe ich in ihnen keine Strümpfe angehabt. Dadurch waren sie innen ganz glatt geworden. Sie fühlten sich einfach gut an. Mit ihnen habe ich mir nie eine Blase gelaufen.

Wahrscheinlich habe ich sie auch deshalb so lange behalten. Die nächsten Schuljahre, bestimmt bis zur neunten oder zehnten Klasse, habe ich sie in jedem Sommer getragen. Danach nur noch auf Reisen. Wenn wir stunden- und tagelang Städte, Kirchen und Museen besichtigt haben. Meine roten Sandalen waren ausgelatscht, aber ich konnte sie ja mit dem Band zusammenziehen.

Die glatte Innensohle hielt länger als die Außensohle aus Gummi. Die rechte fing schon auf der Romreise an zu bröckeln. Da war ich in der Dreizehn.

Unsere Abifahrt habe ich dann doch noch mit ihnen gemacht. Auch als Ute und ich im Jahr drauf durch die Samariaschlucht gewandert sind, hielten sie durch.

Aber als dann wir beide unsere erste gemeinsame Reise, natürlich nach Griechenland, gemacht haben, diese Reise haben sie nicht mehr überstanden. In Olympia, nach einem himmlischen Tag voller Wunder, musste ich mich von ihnen verabschieden. Mit zwei Tränen. Und nicht ohne Abschiedsfoto.

Das waren meine roten Sandalen von Köster.

Achtzehn Jahre mit Dir

Diese Nacht mit dir im Hotelzimmer ist mir unvergesslich.

Erst waren wir nur froh, nach so langer ergebnisloser Suche endlich ein bezahlbares Zimmer gefunden zu haben.

Als wir alles hoch geschleppt hatten, Jubel über das Bett am Fenster. Mit Blick in den Himmel. Du hast gleich die Seite an der Kante genommen, um mir den Platz am Fenster zu überlassen. Natürlich sagtest du, du lägest lieber mit dem Blick zur Tür. Möchtest du nicht doch ans Fenster, um in die Sterne zu schauen? Nein, das sei dir zu unheimlich. Du seist wirklich froh, wenn ich so gut wäre, den Fensterplatz zu nehmen. Sicher, wenn ich dir damit einen Gefallen tue.

In Wirklichkeit bin ich aufgeregt glücklich, fühle mich wie eine Königin.

Jedenfalls kriegst du eine verschwitzte, ungeduschte Umarmung mit Kuss.

Nee, es ist so heiß.

Trotzdem gefällt es dir.

Wollen wir duschen, dann Essen gehen?

Wo denn essen? Hast du was gesehen, hier in der Nähe? Nein, außerdem habe ich keine Lust, heute noch mal rauszugehen. Wir haben doch noch den Wein von der Insel. Den können wir sowieso nicht mehr lange mit uns herumtragen. Diese Riesenplastikflasche, oben mit Bindfaden und einem Stück Folie verschlossen. Herrlich, so ein Verschluss!

Lass uns den Wein jetzt trinken. Der schmeckt bestimmt nach Meer, Vulkan und Erde.

Komm, erst duschen.

Mit so kaltem Wasser kann ich mir nicht die Haare waschen. Aber den Körper einmal richtig abseifen. Jetzt ist mir zum ersten Mal an diesem Tag nicht warm.

Diese Laken. Ein Genuss, diese steif gestärkten Laken auf der Haut.

Kommst du endlich? Bring doch den Zahnputzbecher mit - der Wein riecht, wie er schmecken wird.

Fallen dir auch die Träume von früher ein - unsere Träume ...

Weißt du noch, der Ausflug mit der Ente nach Venedig ... oder als wir in Paris kein Geld mehr hatten und deshalb ... aber das Parfüm rieche ich heute noch ... und wie wir uns auf der Straße angeschrieen haben ... ja, und der Mann, der uns dann zum Champagner einlud ...

Der erste echte Champagner unseres Lebens ...

Aber dieser Wein hier ist auch wahnsinnig ... Vorsicht, da läuft was an der Flasche runter. Egal.

Kommst du zu mir.

Ahmets Lustgarten

Ein Gericht, ein Nachtisch für vier Personen. Das reizte uns jedes Mal, wenn wir die Speisekarte lasen. Wir waren immer zu viert in diesem Lokal. Denn damals war Carola ja noch mit Robert zusammen.

Erinnerst du dich noch an den Ausflug am Nachmittag zu der römischen Ausgrabungsstätte? Zwar fanden wir die wesentlichen Grabungsstellen zwischen den Maisfeldern und im Wald nicht, aber wir hatten richtig viel Spaß.

Dann der Regenguss.

Und Nemo bellend gegen fast zwanzig Kühe. Als wir dann - klitschnass - wieder im Bulli waren, sagte Carola: Ich lade euch in den Lustgarten ein.

Wir wussten gleich, welchen Lustgarten sie meinte. Zum Glück war sogar der tolle Platz frei. Den hatten wir noch nie bekommen. Keine Tische und Stühle, sondern auf einer erhöhten Plattform lagen Teppiche und dicke rote Kissen, davor die Tischplatte. Kerzen auf der Platte. Wir tranken was Heißes und bestellten. Caro und ich teilten uns Tintenfische, Robert und du nahmt etwas Fleischernes, und dann kam er!

Eine Riesenplatte auf zwei Ebenen mit Obst, ganz viel Obst. Dazwischen brannten Teelichter in ausgehöhlten Apfelsinen. Ein richtiger Lustgarten. Gab es eigentlich Teller dazu? Ich weiß nicht mehr. Es war klasse. Es fing an zu knistern. Wir aßen das Obst vom Lustgarten. Wir stopften es in uns hinein. Wir ließen uns los. Das dämmerige Licht. Die fremde, aber schon früher gehörte Musik. Und die Früchte.

Als dann noch die Bauchtänzerin tanzte, wurde es fast zuviel. Wir schwelgten und genossen wie selten. Es war immer noch Obst da.

Und dann der Rest des Abends. Als die Bauchtänzerin schließlich weg war, musste ich ganz schnell mit dir nach Hause.

Glück

Damals - vor mehr als sechs Jahren - hatte sie für einen irrwitzigen Moment lang gewusst, dass es so genau richtig ist. Allem zum Trotz. An diesen Moment konnte sie sich immer erinnern, wenn sie es wollte. Nur die Gewissheit, dass es so gut und richtig sein würde, die war weg. Die ließ sich einfach nicht mehr packen. Höchstens im Denken ab und zu, aber mehr nicht.

Jahre später fiel ihr plötzlich auf - ganz zufällig übrigens - dass sich das Bild jenes einen irrwitzigen Momentes vielleicht bereits erfüllt haben könnte. Merkwürdig, dies beinahe übersehen zu haben. Vorsichtig denkt sie es nach.

Das Bild: weg von der grau asphaltierten, schnurgraden und endlosen breiten Straße. Weg von der Straße, quer über die Wiese im planlosen Zickzack zu den Kirschbäumen, zwischendurch kurz geschaukelt, sich dem Himmel genähert, abgesprungen, glatt gelandet. Irgendwann steht sie wieder vor der Quelle. Ein kleines Loch mit klarem Wasser. Es ist nicht mit einem Blick zu sehen, wo das Wasser aus der Erde quillt. Erst wenn man still steht, die Oberfläche des Wassers ganz ruhig wird, ist zu sehen, wo das Wasser zu flirren scheint. Dort sprudelt die Quelle, nicht aufdringlich mit vielen Luftblasen und lautem Murmeln, aber gleichmäßig und unbeirrbar.

Jetzt weiß sie, sie hat die Quelle wieder. Zwar hatte sie immer gewusst, wo die Quelle ist, aber irgendetwas hatte sie gehindert, dorthin zu gehen.

Jetzt wird sie mit ihm hingehen. Oft hatte sie ihm von der Quelle erzählt. Wie schön es sei, dort aus der hohlen Hand Wasser zu trinken, das gleichzeitig den Arm runterläuft. Dann zuzusehen, wie das Wasser wieder ruhig wird, bis das Flirren wiederkommt.

1981

Als die beiden schon im Abteil waren, fragte Utes Vater: „Was macht ihr denn eigentlich, wenn ihr in Athen aus dem Zug steigt?“ So eine blöde Frage. Keine Ahnung, was sie dann machen. Daran jetzt bloß nicht denken. Noch können sie zurück. Aber das überlegen sie nicht im Ernst. Deshalb geben sie sich zuversichtlich, lachen und sagen: „Och, das werden wir ja dann sehen. Erst mal suchen wir uns eine Unterkunft.“ Das ist eine vernünftige Antwort. Zum Glück müssen sie nicht noch mehr sagen, denn: Zurücktreten, der Pfiff, und der Zug fährt mit ihnen los. Erst mal zwar nur bis München, aber sie fahren jetzt wirklich nach Griechenland.

Gleich hinter Osnabrück packt Marion das Abschiedsgeschenk von ihm aus. Vier Filme und ein toller Brief von ihm, in seiner kleinen akkuraten Schrift. Der tut gut, kommt ganz klein gefaltet in die Innentasche der Jeans. Dann reden sie ununterbrochen fast bis Augsburg. Sie sind neunzehn, haben das Abi, die Welt liegt ihnen zu Füßen. Alles ist möglich. Sie fahren nach Griechenland.

Hinter Augsburg taucht wieder die bohrende Frage auf: „Was macht ihr, wenn ihr in Athen angekommen seid?“

In München schnell umsteigen in den Hellas-Expreß. Platzreservierungen stimmen hinten und vorne nicht. Wäre Ute nicht gewesen, hätten sie keine Plätze bekommen. Die zwei obersten Liegen sind gut, die können auch am Tag aufgeklappt bleiben. Und viel Platz ist nicht im Abteil. Mindestens acht Leute, Riesenkisten im Waschmaschinenformat, etliche Plastikkanister. Zugebundene Plastiktüten, und Körbe mit Lebensmitteln. Und die beiden Rucksäcke.

Alle anderen haben Knoblauch gegessen.

In Freilassing funktionieren die Toiletten noch.

Laut Fahrplan soll die Fahrt München - Athen 36 Stunden dauern.

Die erste Nacht können sie nicht schlafen. Die Luft, der Lärm, das grummelnde Gefühl im Magen. In Zagreb der erste Wechsel. Viele steigen aus, und noch mehr steigen ein. Auch mit viel Gepäck. Inzwischen wissen sie, was in den Kanistern ist. Essen und Trinken wird nämlich großzügig geteilt. Sie haben nur Obst und langweilige Butterbrote. Dafür kriegen sie Hühnerschenkel, Fladen und Slivowitz.

Vor Belgrad packt einer seine Kaffeemaschine aus, zündet den Kocher an und macht starken, süßen, fremdartigen Kaffee. Schade, dass der schon in Skopje wieder aussteigt.

In Nisch - eigentlich kurz dahinter - steht der Zug ein paar Stunden. Dann werden einige Waggons abgekoppelt, ihrer ist leider auch dabei. Sie müssen sich neue Plätze suchen. Finden welche bei zwei süßen Abiturienten aus Heidelberg. Einer hat einen Bart. Der andere Locken und einen tollen Reiseführer mit Geheimtipps. Da stehen ganz viele billige Hotels drin. Auch in Athen. Mit Dachterrassen. „In Athen kann man am besten auf dem Dach schlafen", sagen die anderen. Das ist toll.

Endlich an der griechischen Grenze. Die Formalitäten endlos, im Zug viel Spaß, etwas Müdigkeit. Und dann sind sie in Griechenland.

Das muss der Olymp sein! Zeus, Hera und ihre ganze Sippschaft.

Der zweite Morgen im Zug. Die Mitreisenden sprechen inzwischen nur noch griechisch. Da, da eben konnte man das Meer sehen. Unglaublich blau. Alles ist unentdeckt und wunderschön.

Der Zug bleibt dann eine ganze Weile direkt am Meer. Jetzt aussteigen und baden. Natürlich scheint die Sonne, sie sind ja in Griechenland.

Die Namen der Bahnhöfe und Städte können sie nicht mehr lesen. Marion hatte noch nicht mit ihrem Griechisch angefangen. Sie konnten sowieso nicht mehr dauernd aus fangen. Sie konnten sowieso nicht mehr dauernd aus dem Fenster gucken.

„Wir haben bis jetzt dreizehn Stunden Verspätung", sagte Ute. Das hieß, Ankunft in Athen am frühen Abend. Dann suchen wir uns ein Hotel, zusammen mit Wolfgang und Matthias. Darüber musste nicht gesprochen werden. Wahrscheinlich würde allerdings auch „Mama" mitkommen, ebenfalls seit Nisch im Abteil. Naja. „Mama" war in ihren Augen uralt, bestimmt schon Anfang vierzig. Sie wusste alles besser und war schon mehrfach in Griechenland gewesen. Sie nervte, gab andererseits aber auch gute Tipps.

Allmählich reichte die Fahrt. Sie redeten jetzt weniger über Mykonos, Strand und die Bahnverbindungen auf der Peloponnes. Duschen, was anderes anziehen, und was trinken, dann etwas essen. „Oh, jetzt ein Bier!" „Hast du schon mal griechisches Bier getrunken?"

Früher Nachmittag, die Bahnhöfe griechischer Kleinstädte kennen sie nun, überall viel Blühendes. Marion erkannte immerhin Oleander.

Die Ankunft in Athen ist unspektakulär. Der Weltstadtbahnhof hat zwei Bahnsteige. Sie stolpern mit den noch ungewohnten Rucksäcken in ein unvorstellbares Getümmel und Gekreische in der Halle. Finden da wieder raus und stehen vor dem Bahnhof. In Athen angekommen.

Über die Autorinnen und Autoren

Detlef Albrecht
Jahrgang 1966, Theologe, arbeitet als Webdesigner in Hannover.

Gabriele Bartolomaeus
Jahrgang 1966, lebt in Göttingen und arbeitet als Journalistin in einem Pressebüro.

Ulrich Bach
Jahrgang 1961, Theologe und Sozialtherapeut-FDR, seit 1997 Leiter einer diakonischen Einrichtung für Suchtkranke in Lohme auf Rügen.

Susanne Boeckler
Jahrgang 1964, Pastorin in der Lüneburger Heide.

Susanne Dremel-Malitte
Jahrgang 1964, Theologin, lebt als Familienmanagerin und Pfarrfrau in Ostwestfalen. Veröffentlichungen: "Spuren" (1988 mit Ralph Stadelmann), "Der Weg entsteht, wenn du ihn gehst" (1994), beide im Selbstverlag.

Holger Fischer
Jahrgang 1962, Theologe, Medienentwickler.

Andreas Hausfeld
Theologe und Betriebswirt (VWA), Pastor an der Stadtkirche St. Marien in Greiz, Veröffentlichung: Gedichtband "Hemdsärmelig", Verlag Eric van der Wal Bergen/NL, 1998.

Ulf-Peter Irmer
Jahrgang 1962, Sozial- und Gesundheitsmanager, Pastor im Ehrenamt.

Astrid Kühn
Jahrgang 1963, Theologin und Pastorin im Ehrenamt, arbeitet als Religionslehrerin in Gyhum.

Elmar Orths
Jahrgang 1964, Pastor in Idensen.

Birgit Otte
Jahrgang 1961, lebt und arbeitet in Hamburg.

Claudia Prüß
Jahrgang 1663, Bankkauffrau, Theologin, Religionslehrerin. Veröffentlichungen: Wort zum Tage, DeutschlandRadio Berlin. "Trauerbewältigung in der Altenpflege", Hannover 2002.

Jutta Schlesselmann
Jahrgang 1967, lebt mit ihrem Mann und ihren zwei Kindern in Hildesheim. Jutta Schlesselmann ist ausgebildete Pastorin und genießt momentan ihre Elternzeit. Nebenberuflich ist sie als Organistin tätig.

Fulko Steinhausen
Jahrgang 1968, arbeitet als Pastor in Hollenstedt.

Jan-Hendrik von Stemm
geboren 1962 in Hannover. Theologe und selbständiger Mediendesigner, Agentur Letterwald, Bremen.

Angela Werner
Jahrgang 1962, Redakteurin beim lokalen Bürgerradio „radio aktiv“ in Hameln-Pyrmont, Pastorin im Ehrenamt im Kirchenkreis Grafschaft Schaumburg.

Inhalt